大旗出版
BANNER PUBLISHING

大旗出版
BANNER PUBLISHING

國家寶藏
柒
關中神陵

國家寶藏 柒

關中神陵

目錄

第一章 斬草計畫

九月的下午已近初秋天氣，雖然氣溫還不冷，但在西安也應該穿上長袖襯衫或罩衫，可在「天地人間」夜店裡，似乎季節足足延遲了兩個月，一群年輕男女都穿著半袖T恤、短裙長褲，配著動感強烈的音樂，在舞池中光怪陸離的射燈下瘋狂扭動身體。

兩個相貌清秀、打扮時髦的年輕女孩正在互相點煙，但點煙的既不是打火機，也非火柴，而是一張嶄新的百元鈔票。其中一個女孩眼皮塗成藍色，彩繪長長的指甲，兩根細長白嫩的纖纖玉指正夾著一根大衛杜夫，湊近鈔票燃燒起來的火焰點著煙，其他桌的男男女女邊看邊笑，有人羨慕，有人讚歎，也有不屑一顧者。

舞池四周都是豪華包廂，三五成群的富男靚女在其間休息。一個T恤上印著美國三K黨圖案的英俊少男從舞池下來，帶著滿身疲倦，懶散地坐在真皮沙發上，好像剛給地主扛完活。

對面坐著個男的，下巴留著鬍鬚、脖子戴著粗大金鍊，他壞笑著問：「哎，怎

第一章　斬草計畫

麼樣，我介紹的妞還算夠勁吧？」

「嘿嘿，還不錯啦！那妞胸真大，跳舞時還故意往我身上挨，真他媽帶勁！」

那男子滿臉淫邪：「這還沒過冬呢，她就開始發春啦，哈哈哈！對了，晚上你準備怎麼爽？」

「她說今晚跟我走，怎麼都行，我說那就在我那輛敞篷寶馬裡行嗎，你們猜她怎麼說？」旁邊幾名男女連忙都湊過來問：「說什麼、說什麼？」

少男笑了：「她說那算什麼？去年聖誕節她還跟一個男的脫光了在雪地裡做過呢！」大家哄堂大笑。

一女孩抽了口摻著大麻的美國煙，吐出幾個淡青色煙圈，臉上帶著媚笑：「真不要臉，不過也夠刺激的，今年聖誕節我也想試試。」

一個光頭青面、膀子上都是紋身的肌肉男淫笑著回應：「那妳可得叫上我，我身體好，不怕冷。」

女孩身邊坐著的正是那英俊少男，他面帶不悅，冷冷地說：「阿豹，你當著我的面也敢泡我的女人？」

肌肉男滿臉不屑：「別裝聖人了，你還不是一樣當著你女人的面泡別的妞？」

少男猛拍桌子：「我他媽願意！關你什麼事？」

戴金項鍊的鬍鬚男連忙勸開，肌肉男似乎習以為常，毫不在乎地從牛仔褲口袋裡掏出一小包白粉撒了些在玻璃桌上，用一張金卡細細刮著，同時有節奏地不停搖晃著身體。

抽大麻煙的女孩連忙摟著少男勸說：「哎呀，別吵了，開個玩笑嘛！」

少男斜眼看著她：「妳他媽倒不在乎，不是真想跟他到雪地裡去打野戰、給老子戴綠帽子吧？」

戴金項鍊男子身邊有個打扮妖冶的高挑美女，她咯咯笑著對少男說：「看你，還當真了，人家阿豹是逗你呢！」

肌肉男阿豹用鼻孔對準吸管猛吸了一口白粉，陶醉之後長歎口氣：「什麼是神仙？這就是神仙……」

他身邊有個二十幾歲的漂亮女孩，皮膚白皙、容貌嬌美，頭髮挑染成幾種顏色。此時她將上半身陷在沙發裡，正擺弄著手裡最新款的手機。

忽然她合上手機，神情落寞地說：「沒意思，我要回家了。」說完起身欲走，那高挑美女連忙抱著她：「小培，幹嘛回家啊，妳走了多沒意思，再待一會兒吧！」

旁邊那阿豹一把摟過她的纖腰：「林大小姐，初次見面妳也沒和我說幾句話，現在還要走，是不是不給面子呀？」

林小培生氣地推開他那肌肉虯結的臂膀：「你是誰啊，要我給你面子？」說完甩手就走。

阿豹臉上變色，手中金卡往玻璃桌上「啪」地一摔，站起來伸右臂揪住林小培衣領：「妳他媽跟我裝什麼純潔？今天就讓妳知道知道我阿豹是誰！」左手一伸，竟握住她胸前飽滿的乳房。

林小培滿臉通紅，氣得反手去搧他耳光，口裡大罵：「混蛋，快放開我！」阿豹右手抓她手腕向後一扭，他力氣多大？林小培疼得眼淚直流，大哭著用腳踢阿豹，阿豹淫笑著也不躲，一直摸林小培的胸不放開。

戴金項鍊男人笑著勸道：「阿豹，剛認識的朋友，人家不願意就算了，你幹什麼？」另兩個女孩也跟著勸阻。

阿豹久混黑道，越勸越來勁：「臭婊子，今晚偏要睡妳，看妳還裝不裝！」

英俊少男冷冷地說：「她可是林振文的妹妹，你想睡她，小心得後遺症！」

「我管他媽林振文、林振武？除了我大哥，西安我誰也不認識！」

林小培邊哭邊扯開喉嚨大喊：「二哥快來呀，有人欺負我……」

夜店裡人聲喧嘩，哪裡聽得到？阿豹大手捏著小培的乳房，覺得觸手似綿、十分舒服，頓時血液上湧，藉著白粉的藥力，竟撩起她的內衣，想探手伸進裡面去摸個真切。

忽然他眼前一花，似乎有人站到他身邊。阿豹側頭看去，一個面沉似水、中等身材的陌生男人竟就在他身邊，冷冷看著他。

「誰？」阿豹脫口而出。

這人也不搭話，伸手抓住阿豹非禮小培的手腕就往後帶，阿豹心裡有氣，心想：就憑你這副體格也敢和我動手？好歹我也練過十幾年拳擊。他鬆開林小培，左肩一抖想把手抽回來，不想對方是個虛招，那人手臂微動，右拳猛砸在他臉上，「砰」的一聲鼻樑斷裂，鮮血橫流。

阿豹疼得眼冒金星，若不是憑著這副大塊頭，恐怕早仰面摔倒了。他大怒，也顧不得臉上流血，右拳如風直搗向對方面門。這人也不躲閃，抬左臂硬擋住他那醋缽大的拳頭，右拳閃電般擊中阿豹右臉。這拳打得更狠，阿豹只覺七葷八素、眼前發黑。他後退兩步，伸手抹了抹臉上的血，大叫一聲，抬腿去踢對方襠部，這人不退反進，右腿揚起落下在阿豹小腿迎面骨上一壓，再順勢高抬來了個空手道式的上挑腿，直踢在阿豹下巴上，阿豹口吐鮮血仰天摔倒。

這幾手功夫只在數秒之間，旁邊那幾位男女剛回過神來，阿豹已被打倒。那脖子上戴著金項鍊的男子霍地站起，操起桌上的啤酒瓶劈頭就砸，這人依舊用左臂格擋，啪！酒瓶裂得粉碎，啤酒沫四處飛濺，這人左拳如風掄在男子左耳邊，打得他橫飛出去老遠。

另外那英俊少男很識相，知道這人身懷絕技，早拽過身邊的妞遠遠躲開。

林小培滿臉是淚，跑到這人身邊，抬起手沒頭沒腦地搧他耳光，邊打邊哭：「陳軍你這個大混蛋怎麼現在才來，讓人家欺負我，我打死你，打死你……」

這叫陳軍的人臉上被搧得啪啪直響，卻毫不躲閃。林小培打累了，指著慢慢爬起來的阿豹大聲說：「他欺負我，你給我打死他！」

舞池四周的人已經圍攏過來，但都遠遠看著，無人上前。阿豹臉上污血滴滴直流，雙手扶著玻璃茶几，好像體力不支。陳軍冷冷地看著阿豹，慢慢走過來。突然阿豹大叫一聲，雙手將沉重的鋼化玻璃茶几高舉過頭猛擲過去。周圍發出女人尖叫，陳軍待茶几飛到面前，低吼一聲飛腿蹬向茶几，那茶几倒飛回去正撞在阿豹臉上，阿豹的臉就像貼大餅子似地拍在鋼化玻璃上，這一下力道奇大，他的身體撞向身後的木板隔斷，咔啦一聲隔斷撞裂，人也飛了出去。

周圍的人連忙後退，陳軍繞過舞池慢慢走到後排座，這時從二樓包廂跑下幾個黑衣大漢，為首的人叫道：「哪個他媽吃了豹子膽，敢在老子的地盤撒野？」

等來到陳軍面前時，幾人均是一愣，又立刻換成笑臉：「原來是陳……陳哥，你這是……」

陳軍看都沒看他，說道：「沒你的事。」這幾人立刻退開，遠遠站著觀看。

陳軍來到阿豹面前，彎腰拎起他軟軟的左臂，此時阿豹的臉幾乎被打爛了，看不清鼻子和嘴在什麼位置，臉上一片膿血。陳軍雙手握住阿豹左臂，伸腳踩在他左胸口，慢慢道：「有些東西是不能隨便摸的。」

突然，他兩膀一用力，「咔嚓」一聲，竟將阿豹左臂齊肩折斷！

阿豹正處於半昏迷狀態，突然的劇痛使他瘋狂地揚頭慘叫，狀極可怖，旁邊看熱鬧的人紛紛驚叫起來，兩個膽小的女孩直接昏倒。

見阿豹只剩下半口氣，再碰就得死，陳軍也不再為難他，回頭走到嚇呆了的林

第一章　斬草計畫

小培身邊說：「早點回去吧，老闆和老爺子正在吵架，別再給他們添麻煩了。」

林小培看了看那邊阿豹的慘狀，立刻閉上眼睛，乖乖跟在陳軍屁股後面離開「天地人間」夜店。

兩輛豪華跑車一前一後駛在通往西安西郊的公路上，前面是紅色保時捷卡雷拉GT，後面則是銀灰色本特利歐陸GTC型，陳軍怕這個林大小姐半路又跑到其他地方去，所以在後面不緊不慢地監視。兩輛車飛馳到西新莊別墅區內，門衛老遠就看到這是林家的車，連忙按動電鈕將電動門桿縮回，生怕弄晚了惹人生氣。

穿過外圍居住區來到內區，兩輛車拐進林之揚的別墅大院停車場裡，女傭早站在門外等候，一見兩人回來，連忙打開大門。陳軍下車後對林小培說：「三小姐，老闆和老爺子正吵得厲害，妳最好先別惹他們。」

林小培嘴撅得老高，簡直能掛個油瓶：「我才懶得搭理他們呢！」說完，拎著奶白色LV包，一甩一甩地走進大門。

「人呢？」林小培邊走邊問女傭。

女傭答道：「在二樓內書房。」林小培上樓來到書房門口，隱約聽見裡面似乎在爭吵著什麼，這書房裝有特製隔音門，一般情況下根本聽不到裡面有聲音，除非說話聲音極大。只聽見林之揚那老沉持重的嗓音正在發言，其間偶爾夾雜著林振文激動的辯解。

林小培覺得有點奇怪，這父子倆平時極少吵架，大部分情況都是林之揚說了算，林振文在外人面前威風八面，在他老爹跟前卻只有執行的份，而今天似乎有點不同，兩人好像起了大矛盾，聲調也都高了許多。

林小培好奇心大起，躡手躡腳地將耳朵貼在門上聽，可實在聽不清他們說什麼，她悄悄擰開門把手，閃出一道小小縫隙，屋內人絲毫沒察覺外面有人偷聽，這回聽得清楚多了，只聽林之揚怒道：「我居然沒看出這小子使了緩兵之計，竟然把我也給騙了！」

又聽林振文說：「爸爸，這小子貌似忠厚老實，其實很有心計，我倆都被他給糊弄了。現在他死活不願參加盜漢計畫，腿長在他自己身上，我們總不能去瀋陽綁架吧？」

林之揚恨恨地說：「沒別的辦法，只有把他幹掉，這樣才能永遠免除後顧之憂。」

林振文驚聲道：「我認為沒必要！為了這張地圖，我們付出的已經夠多了，現在又要去殺田尋，難道一張布帛對您的吸引力真這麼大？」

「廢話！如果沒有價值，我會花那麼多力氣嗎？這幾年我的精力都費在這張布帛地圖上，我們的加拿大綠卡也已辦好，當然不能更改！」

林小培瞪大眼睛，簡直不敢相信自己的耳朵：他們要殺田尋？為什麼？剛要推門進去，又聽林振文道：「父親，田尋只是個小人物，他不同意參加我們的計畫也沒必要滅口吧？就算他告到警方，對我們的指控也不一定成立，畢竟他沒有證據，而且以我們林家的影響力，也不是輕易就能告倒的。」

「你懂什麼？」林之揚打斷他的話，「還記得和他在一起的那個《西安日報》女記者趙依凡嗎？我覺得這女孩很不簡單，也許正是她利用田尋來查我們林家，所以絕不能放鬆警戒，田尋從頭到尾都是參與者，也是目擊人之一，所以只要他死，就沒有任何力量能阻止我們了。」

林振文顯得很沮喪：「看來您是不能改變主意了？」

林之揚哼了聲：「枉你做我兒子四十多年，我的脾氣你還不知道嗎？我決定了的事是不會改的。」

「那……我交給陳軍去辦吧！」林振文歎口氣，沮喪地說。

林之揚點點頭：「別在瀋陽做，那樣太張揚了。讓田尋以公司名義再單獨出趟差，然後找人在外地將他解決掉，可以說是歹徒圖財害命，做得乾淨點。」

林振文極不情願地點了點頭。

兩人正在密謀，突然呼地書房門被人猛推開。把父子倆嚇了一大跳，回頭看卻是林小培，她怒氣沖沖進來，大聲問：「你們為什麼要殺田尋？」

父子倆都愣了，這丫頭什麼時候回來的？林之揚乾咳幾聲，假裝把臉一沉：「怎麼這麼沒禮貌？進別人的房間也不敲門？」

「哼！我都聽見了，我不許你們打田尋的歪主意！」林小培立起杏眼、雙手叉腰，擺出一副強勢態度。林振文沒法說服林之揚，正在氣頭上，他一拍桌子：「關妳什麼事？快出去！」

林小培毫不示弱：「我就不出去！你們要找田尋的麻煩，我才不讓呢！」

林振文怒火上撞，站起來騰騰幾步來到林小培面前，惡狠狠地揚起右手：「死丫頭懂個什麼？回妳房間去，否則看我不揍妳！」林之揚也在旁邊訓斥：「在這搗什麼亂，還不回去！」

看到二哥這副模樣，林小培也有點害怕，畢竟他很少跟自己發這麼大脾氣，但林小培可不是這麼容易被嚇倒的，她把俏臉一揚，擺出死豬不怕開水燙的態度：「哼！你少嚇唬我，我要把事情告訴田尋，讓你們幹不了壞事！」

林振文怒不可遏，順手給了她一巴掌，打得並不重，因為他也沒打算真打，但畢竟還是打了。

林小培做夢也沒想到這個從小就極護著她的二哥會打自己，她捂著臉，眼淚奪眶而出：「你……你打我！我再也不理你們了，我不要你們了！」

林振文對這個妹妹寵愛有加，可以說從小到大也沒碰過半根手指，頓時有點發蒙，連忙道：「小培，我不是故意打妳，只是妳太……」

林小培根本不聽，大聲說：「我告訴你們，你們要是敢殺他，我就死給你們看！」說完扭頭衝出書房，蹬蹬蹬跑下樓去了。

「這個死丫頭，總壞我的事！」林之揚重重拍了一下桌案。

「爸爸，如果我們仍然要殺掉田尋的話，不知道小培會做出什麼事來，你看這……」林振文說道。

林之揚雙手按在書桌上：「不用管！她只是一時興起，畢竟是我女兒，我很瞭解她，這個大小姐才不會為了某個男人去尋死，放心吧！」

林振文在屋裡焦急地轉了幾圈，欲言又止，下定決心要張嘴，卻見林之揚站起來一擺手：「別說了，就這麼定了！具體方案你讓陳軍去實施。」

林振文沒好氣地回答：「隨便找兩個人就行了，總不能什麼事都叫陳軍吧？他又不是八爪魚！」

「不行！這絕不是什麼小事！田尋這人很機敏，如果隨便找幾個混混，辦不成事反叫田尋逃脫，那就壞了大事，所以必須由陳軍親自來辦！」林之揚又一拍桌子。

林振文滿肚子都是氣，乾脆也不出聲。林之揚站起來：「今天八月初五，是普化天尊誕辰，我還要去廣仁寺晉佛，田尋的事你快抓緊辦吧！」說完走出書房下樓而去。

聽得窗外林之揚的車駛出別墅大門，林振文朝窗子方向狠狠啐了口，低聲罵道：「晉什麼鬼佛！一邊殺人、一邊晉佛，頂個屁用？」

第二章　割腕

六天後，西安咸陽國際機場公安分局。林振文正坐在公安局接待室椅子上大罵陳軍：「怎麼搞的？居然會被機場警察拘留？你平時似乎沒這麼笨，今天卻在陰溝裡翻船？」

坐在對面的陳軍一言不發，深吸口氣似乎想說什麼，卻又嚥下了。林振文追問：「到底怎麼回事？你啞巴了？」

陳軍左右看看屋內無人，低聲說：「老闆，我正在候機室等著，忽然警察來抓住我，說有人向機場警察舉報說我是危險分子，有可能使用假身份資料登機，結果就被警察給扣留，不但發現我用了假身份證，還牽扯出幾年前我在湛江碼頭犯的那件案子，所以被拒絕登機。」

「你說什麼？有人舉報你用假身份登機？是誰舉報？」林振文連連追問，而陳軍卻沉默不語。

林振文大怒：「誰有這麼大膽子敢舉報你？我看肯定是你自己不小心搞砸了事

情，卻推到別人身上，少跟我耍把戲！」

陳軍抬頭看了看林振文，還是不說話。林振文急得直蹦：「到底是怎麼回事，你倒是說話呀！」

「老闆，我也是沒辦法，你別讓我太為難了。」陳軍慢慢說道。

林振文聽他話裡有話，連忙問：「快說，怎麼回事？」

陳軍被逼無奈，說道：「是小培報的警。」

「什……什麼？」林振文簡直不敢相信，還以為自己聽錯了，「你再說一遍？」

陳軍道：「是三小姐林小培報的警。」

林振文難以置信：「她……她怎麼會報警讓警察抓你？」

陳軍看了看牆角，說：「這屋裡有攝像頭。」

林振文立刻會意，抬腕看了看手上戴的寶珀錶，站起身說：「保釋手續已經辦好了，快走吧！」

金色的美洲豹X-TAPE在高速公路上行駛，林振文點燃一根COHIBA雪茄，慢慢吐著淡青的煙說：「真沒想到小培居然做出這種事，竟然敢打電話讓警察抓你！

實在令我意外。我一直以為小培不過是個只知道享受的千金小姐，看來我和老爺子都估計錯了。」

陳軍邊開車邊說：「老闆，要不我給呂四打個電話，讓他去瀋陽把事情辦掉算了。」

不想林振文搖搖頭，擠出一絲笑意：「不用了，這樣也好，看看老爺子有什麼反應。他總以為自己是神仙，能把一切都安排得妥妥當當，可惜他忘了『女大不由爺』這句老話，看這回他還怎麼說！」

「您的意思是？」

林振文說：「我本來就反對老頭子為了那個破布地圖下血本，以前在湖州就死了四個人，後來去珠海又死幾個，然後是幹掉丘立三，今年再跑到新疆鬧了一通，現在還要殺田尋！我真不明白他中了什麼邪！」

陳軍笑了：「老爺子不是說茂陵的東西能買下東歐好幾個小國嗎？當然是為了錢。」

「我們林家缺錢嗎？真是貪心不足！」林振文抬高聲調說，陳軍微笑而不答。

回到西新莊別墅，陳軍一五一十地向林之揚匯報了情況，氣得林之揚暴跳如雷，立刻派人把正在酒吧裡跟幾個富家女孩聊天的林小培火速接回家。林小培邁著輕快的腳步上樓來到書房裡，像沒事人似地笑嘻嘻：「爸爸，這麼著急叫我回家幹什麼呀？二哥也在呢！」

她這副無所謂的表情差點沒把林之揚氣死，他大聲道：「妳這個死丫頭，我問妳，是不是妳給機場公安分局打電話，說陳軍是危險分子，要警察去抓他的？」

林小培把新買的紅色ＬＶ提包往沙發上一扔，大大咧咧地坐在沙發上，拿過茶几上女傭剛削好的蘋果咬了口，輕描淡寫地說：「嗯，電話是我打的，可我只是說懷疑他是危險分子，說著玩的，誰知道那些警察會當真。」

「胡扯什麼！這種事是說著玩的嗎？胡鬧也要有個限度！快說，是誰讓妳這麼幹的？」林之揚用手指著她，大聲吼道。

林小培也板起臉：「沒人告訴，是我自己做的。」

林之揚怒不可遏：「妳真是吃飽了撐著沒事做，為什麼要這樣？陳軍惹妳了嗎？」

林小培白了一眼，撇嘴道：「當然惹我了，別以為我不知道，他要去瀋陽找田尋的麻煩，我才不幹呢！」

第二章　割腕

「關妳屁事？」林之揚忍不住說出髒話，「田尋是妳什麼人，妳這麼護著他？」

林小培也生氣了：「他是我男朋友！你們憑什麼想殺人家？」

「妳男朋友？人家承認了嗎？不會是妳傻乎乎地一廂情願吧？」林之揚冷笑著譏諷道。林小培漲紅了臉：「當然承認了，他還說要娶我呢！」

林之揚帶著難以置信的表情說：「他要娶妳？真是滑天下之大稽！我們林家是什麼身份、什麼地位？他田尋算個什麼東西？渾身上下都賣了換不來十個銅板，也配和我林之揚結親？」

「你又不是皇親國戚，無非比他多點錢！你有什麼了不起？」林小培哼了聲。

這話把林之揚說得一愣，林振文立刻斥責道：「小培，怎麼和爸爸這麼說話？」

林之揚非常意外，顫抖著用手指道：「妳……妳說什麼？」

林小培大聲質問：「上個月他跟郎叔叔去了新疆，回到二哥家的時候，你們為什麼不告訴我？還不讓我去咸陽看他？」

林之揚說：「田尋跟我們有正經事要商談，妳非去攪什麼亂？」

了聲。

「什麼正經事？我看就是你們使壞，想讓人家替你們幹壞事吧？」林小培哼

這句話點到了林之揚的死穴上，他拍案大怒：「胡說什麼？誰告訴妳的？」

林小培冷笑說：「還用誰告訴，猜也猜得出來！那年田尋不知道因為什麼事情和你翻臉，連我也不願意見，後來又跟那個叫依凡的女人去珠海，今年又讓人家跑到新疆，這些都是你的主意，今天鬼知道你們又在打什麼算盤珠，居然要殺他，還騙我說是有正經事要談，當我是三歲小孩嗎？」

林之揚和林振文對視一眼，均想這小丫頭平時就知道吃喝玩樂，不想居然還會注意到這些？林之揚暗想：這鬼丫頭畢竟還是遺傳了我的基因，腦袋瓜聰明得很，看來今天得和她好好談談。

他歎了口氣，慢慢說道：「小培，我三個孩子裡妳最小，所以我也最疼妳，尤其是從妳媽死後，我是萬事順著妳，生怕妳受半點委屈。雖然有時也會罵妳幾句，但那是因為愛護妳。妳喜歡的東西，我就是尋遍全世界也會買來，妳喜歡跑車，我給妳買三部換著開；妳喜歡法國皮包和香水，我就每年夏天帶妳去法國購物；妳喜歡騎馬，我就在英國賽馬場買下兩匹純血馬。這麼多年妳過著公主般的生活，如果

我們沒錢，妳又拿什麼享受這些？」

林小培無言以對，但還是倔強地撅起嘴，扭著臉不說話。

林之揚繼續說：「我們林家發達也就是這十幾年的事，二十多年前我們全家還擠在不足二十平方米的公寓裡，為了能生活得好點，我想盡辦法賺錢，所做的一切都是為了你們啊！可妳呢？妳有心疼過我這個爸爸嗎？」

林小培呆呆看著前方，慢慢說：「爸爸，你知道嗎？我過得一點也不開心……」

林之揚大為不解：「什麼？一點也不開心？那為什麼？難道這樣的生活妳還不滿足？」

林小培木然道：「很多人都叫我是『有錢人家的大小姐』，這麼多年我確實過著衣來伸手、飯來張口的日子，看上去我比任何人都瀟灑，想怎樣就怎樣，其實我一點也不自由。記得上學時我喜歡和同學出去爬山，可你說怕我跟那些窮孩子學壞了，從不讓我去，每天開車接我回家後，就不許我出門；我喜歡畫畫，可你卻說畫畫是窮人做的事，非要我在大學讀金融管理這個我最討厭的學科；家裡有保姆、管家、廚師，什麼都不用我做，經常被人家笑我是個花瓶，中看不中用；我想和朋友合開一家畫室，你更不同意，說我們家不缺錢，不用我做任何事。我每天都空虛得不知道幹什麼，於是只好去開車兜風、逛街購物、喝酒泡吧，除了這些我簡直不知道我還會些什麼，有時我睡不著覺就會想：我就像一隻寄生蟲，靠老爸養活的寄生蟲。」

林振文和林之揚表情驚訝，互相看了看，均是頭一次聽她說出這種話。

林小培今年二十四歲，可以說含著金湯匙出生，這輩子注定了要過錦衣玉食的生活。林之揚有三個孩子，老大也就是林振文在美國當醫生的大哥林振武，林小培是林之揚四十多歲時才有的，俗話說老么最嬌慣，又兼是林之揚中年得到的千金，而且在她十幾歲時又死了娘，所以林之揚就把所有的父愛都傾注給她，單憑這點，同是親生的兒子林振文完全沒法比。

林小培這二十四年幾乎沒吃過半點苦，也沒幹過一天活（除了在南海荒島上幫田尋割草那次），如果不是她天生麗質，又經常去高檔會所健身，恐怕早養成小肥豬了。和中國千千萬萬個富家子女一樣，她對自己出身的正確性絲毫沒有過懷疑，也沒考慮到那只是基因結合的偶然結果，而認為是命中注定，自己前世肯定跟其他人不一樣，不然為什麼偏偏讓她托生在這個巨富之家？天長日久她也頤指氣使慣了，無論遇到什麼困難，只要抬出林之揚和林振文這兩尊真神，可以說無往而不利，至少在西安城內無人敢攖其鋒。

可今天林小培卻大反常態，居然說出這些話，令林之揚毫無準備。

聽得林小培又說：「很多有錢帥哥都追我，但我很清楚，他們只是喜歡我的臉蛋和我們家的錢，哪個男人會喜歡連鞋帶都不會繫的女人？就算有喜歡的男人我也不敢交往，我怕他們打我的歪主意，騙我的錢，所以我對所有男人都沒好感，直到我遇上田尋。」

「田尋有什麼好？」林之揚忍不住問。

林小培笑了，說：「他是我遇到的第一個知道我有錢，卻不願討好我的人。而且他還會真心保護我，是那種發自內心的、男人保護他喜歡的女人那種。他說讓我多交往一些有真才實學的人做朋友，從他們身上我會得到很多真正的樂趣，而不是那種低層次的感官享受，這種話從小到大，除了媽媽之外沒人對我講過。雖然他長得不帥，人也窮，但我卻覺得他才是我真正應該喜歡的人。」

林之揚哭笑不得：「難道我寵妳還有錯嗎？好男人有的是，就算不是大富之家，起碼也得是個學富五車的留洋金融家吧？田尋絕對不配！」

林小培生氣了，她大聲道：「憑什麼說他不配？你們總說我任性，可我今天說的都是心裡話，我就是喜歡他，只要他願意娶我，我寧願離開這個家去和他過普通生活，再也不想當什麼千金大小姐了！」

「胡鬧，越說越離譜！」林之揚拍案而起，「吃了幾天飽飯就撐得頭昏腦脹，開始說胡話了！妳去吧，那種窮日子我保妳三天都過不了！」

林小培也站起來，氣呼呼地說：「那我也願意！就算不能和他在一起，也不許你們殺他，你們要是敢殺他，我就死給你們看！」

林之揚冷冷笑著：「林大小姐，還是省省吧，就怕妳到時候就不這麼想了！」

林小培氣得胸脯起伏，瞥眼看到茶几上有把水果刀，她一把將刀抓起，猛地在左手腕上一劃，頓時劃破脈管，鮮血立刻汩汩噴湧，流到波斯地毯上。

這下屋裡人都傻了，包括林小培自己，她看到手腕上鮮血直噴，早嚇得魂飛天外，噹啷一聲水果刀掉落，身子也像駕雲似地軟軟歪倒。林振文連忙搶上幾步扶住她，用力捏住手腕血管不讓血液外湧，林之揚萬沒想到她居然真敢割脈，立刻推開書房門向外大喊：「快拿繃帶來，快！」

外面女傭不知道發生什麼事，跑來一看也嚇壞了，連忙取來繃帶、紗布和止血藥，林振文用繃帶緊緊勒住她的前臂，但鮮血還是從傷口中湧出。林小培覺得身子

第二章　割腕

好似一團棉花，無力地倒在林振文懷中。林振文邊包紮邊大叫：「小培！妳這是要幹什麼？難道還真想死嗎？」

林小培早嚇得說不出話來，林之揚也顧不上其他，抱起女兒往外就跑。林振文連忙接過：「讓我來，你快讓司機開車！」

林之揚大罵女傭：「還愣著幹什麼，快叫司機把車開出來，一群笨蛋！要妳們有什麼用？」

女傭被罵得七葷八素，大氣也不敢喘，立刻飛奔喚來司機、管家和園丁，大家七手八腳地將林小培抬進汽車，林振文開車向醫院急馳而去。

在醫生的幫忙下很快血止住了，林振文讓護士都離開，林之揚坐在VIP病房床邊，滿頭大汗地看著臉色蒼白的女兒，心裡又氣又疼。

林振文小心翼翼托著她左臂，關切地問：「小培，怎麼樣，感覺還疼嗎？」

林小培流著淚說：「救我幹什麼？反正我怎麼想你們都無所謂，那我還活著幹什麼？不如死了算了，省得你們操心！」

林之揚臉上老淚縱橫：「什麼混帳話！我就妳這一個女兒，難道妳死了我會高興嗎？我的傻丫頭啊，我這一生忙忙碌碌為什麼？還不都是為了妳，可妳……妳還要爸爸怎麼樣？」

林小培抽抽噎噎：「爸爸，我也沒有說你不好啊，可是你為什麼非要……」

林之揚道：「小培，我明白妳想說什麼，其實田尋的事我也是被逼無奈，你們都知道，為了賺錢，有時我會做一些文物倒賣生意，而田尋知道很多關於我生意的內幕，他很有可能會向警方通報，到時候警察把我抓進監獄，還會查抄我們林家的財產，我和妳二哥都進監獄，妳孤零零地在外面沒人照顧，多可憐啊！」他故意把事態說得很嚴重，好讓女兒打消念頭。

林小培邊哭邊可憐地說：「可我真的很喜歡田尋，難道這還不夠嗎？只要你不殺他就行，他不會害我們林家的，不信你把他接到西安來，我天天陪著他，相信他肯定會願意幫我們的！」

林之揚又生氣了：「小培，妳這孩子還這麼任性！關係到我們全家性命的事，妳就不能理解我嗎？」

林小培閉上眼睛：「既然你們不聽我的就隨便吧，反正他死我也跟他一塊死。」說完，扭過頭假裝睡覺，再也不說話。

林之揚還要說什麼，林振文在旁邊連連搖手，示意先讓她好好休息。林之揚歎了口氣，慢慢站起來，手扶著病床欄杆喃喃地道：「女大不由爺，真是顛撲不破的真理啊……」

第三章　老威

瀋陽和西安緯度差不到十度，而九月末的瀋陽從氣象角度來說已進入初秋，氣溫也比西安低不少，在西安還可以穿長袖襯衫，在瀋陽就得在外面加上一件外套，不過對女人來說季節永遠是遲到的，好多女孩仍舊穿著性感的超短裙和低胸衫。

今天是週日，也是懷遠門古玩市場最熱鬧的時候，正值中午，陽光和煦，整條街都擺滿了各種販賣古玩字畫的攤位，雖然規模無法和北京潘家園或西安朱雀路相比，但也算很火爆了。

田尋在攤位前流連閒逛，不時蹲下拿起擺著的東西仔細把玩，邊看邊暗笑。瀋陽古玩市場中古董真品極少，而且都集中在市場大樓內部，外面攤位擺的幾乎都是假貨，不過幸好大多數人都不識貨，再加上品種繁多，只有你沒想到的，沒有人家不賣的，所以古玩這行也應該算半個暴利行業。

有個攤位上擺著一頂銹跡斑斑的銅製頭盔，上面還立著鐵槍紅盔纓子，田尋捧起來仔細看，見護耳上鏤著蛟紋，應該是清中期副將級別的戰盔。攤主狼吞虎嚥地吃著麵條，嘴裡含糊不清地說：「哥們，這頭盔是北宋岳飛戴過的，好幾百年啦，誠心要就給個價！」

田尋本來還真有心思研究研究，聽他這麼一說差點樂出來，連忙小心翼翼地放下，岳爺爺的遺物可不是鬧著玩的。

緊接著又走到一處專門販賣冒牌瑞士錶的地攤，各種名牌假錶林林總總擺了幾十隻，田尋喜歡手錶，低頭大略掃了幾眼，見其中居然還有百達翡麗和寶珀，而且那隻寶珀錶仿得和林振文戴的那隻款式幾乎完全相同，只是做工很粗糙，不覺啞然失笑。

旁邊有個中年男人正將一隻嶄新的帝舵自動錶戴在手腕上左右端詳，很是滿意。攤主見對方有意，更加激情四射地介紹這錶如何高檔、如何正宗，那男人也很喜歡，但似乎還有些顧慮：「錶真不錯，就是不知道走得準不準。」

攤主連忙大聲道：「咋不準呢？你回去戴幾個禮拜，我保證每天誤差不超過三秒，要不你就來退錢，我還外帶請你吃飯！」

田尋剛喝了一口礦泉水，聽這話差點沒噴出來，心想這攤主真能忽悠，把自己的錶說成日內瓦天文台認證標準了。不過又轉念一想，也許他賣的是隻舊瑞士錶，而不是假冒貨，碰到一隻經過精心調校的高素質瑞士機芯也是有可能的。

就看那中年男人一咬牙，下定決心道：「行，我買了！」隨即從口袋裡掏出一張百元大鈔遞給攤主。

田尋愣了：這錶才賣一百塊錢？那麼鐵定是假貨無疑。

卻見攤主手捏紙幣，半天蹦出一句：「哥們，你有零錢嗎？」

中年男人搖搖頭。

攤主面露難色：「不瞞你說，我這今天還沒開張呢，兜裡沒揣零錢找不開。沒事，你等會、等會，我去給你找錢啊！」

田尋禁不住臉上露出笑容，心裡差點沒樂岔了氣。暗想：中國人的生活水平真提高了，幾十塊錢就能買一隻帝舵手錶？一隻真正的瑞士自動機芯就得上千塊！他不想再看這種無聊的假貨耽誤時間，逕直走進古玩市場樓裡。

樓裡雖沒有外面那麼火爆，但每個店舖裡幾乎都有顧客在瀏覽，店主一般不會上前招呼，甚至眼皮都不抬，跟外面地攤那種賣菜式的交易截然不同，店主只靜靜坐在角落裡，偷偷用眼角從每位顧客臉上掃過，觀察他們的表情和神態，揣測客人是真買家，還是只來看熱鬧。

田尋徑直拐過幾個彎來到掛著「集威閣」牌匾的店鋪，見木格窗櫺店門前擺著兩張木桌，上面歪歪扭扭堆了兩大摞破舊泛黃的線裝書，田尋隨手拿起最上面一本，見封皮用毛筆寫著「素女經」三個楷體字。再翻幾本也都相同，有的書破得非常厲害，內頁幾乎都翻爛了，拿起來直掉紙屑。

這時從店鋪裡出來一人，雙手捧著個景泰藍瓶，興沖沖地說：「老田，我都等你半天了，快來快來，酒菜齊備，就差你了！」

田尋把線裝書朝他揚了揚：「老威，最近在研究房中術？」

老威搶過書扔在書堆裡，不屑地說：「什麼房中術，那是我在河南農村收古董時當廢紙收的，一百多本才五十塊錢。哎呀，別管它了，快進來！」

屋裡那張光緒年的紅木方桌上放了三涼兩熱五個菜，有涼拌豬耳朵、麻油肚絲兒、茴香花生、焦溜肉段和九轉大腸頭，另外還有兩大盤剛蒸熟的河蟹和琵琶蝦，地上擺著半箱青島純生啤酒。

老威捧著瓷瓶說：「快坐下！這螃蟹是我表弟昨晚從盤錦老家帶來的，全是母稻田蟹，可肥了！」

田尋剝了顆鹹花生放進嘴裡，把花生殼扔到桌上：「最近撿了狗頭金是咋的，心情這麼好？」

老威哈哈大笑：「比撿錢還高興！對了，聽說你上個月去新疆出差受了傷？」

田尋指了指大腿外側：「半路遇上一夥偷獵野駱駝的毛賊，大腿中了流彈，現在已經好多了。」

「什麼，中了流彈？」老威張大嘴，「那可不是鬧著玩的！」

田尋笑著說：「可不是嗎！如果子彈再歪點，估計就打到我這命根子上了！」

老威驚道：「虧你還笑得出，換我早尿褲子了！不過沒事就好，你小子吉人有天相，什麼時候能恢復俐落身手？」

「醫生說再過半個月就能好得差不多。」

「是嗎？醫藥費公司報銷嗎？」

「當然，我這是出差途中受傷，回來時正好路過西安集團總部，就在西安中心醫院治了傷，所有費用公司墊付。」

「這麼說，再過半個月你就又能上班了？」

田尋搖搖頭：「我準備提出辭職，半個月後就去公司辦手續。」

「為什麼辭職？嫌錢給得太少？」老威驚奇地問。

田尋坐在椅子上：「沒什麼，只是覺得那個職位不太適合我，再說我的傷也沒痊癒，想多休息一段時間。」

「沒錯！到時候再報個工傷，狠狠敲他們一大筆錢，嘿嘿！」老威眉飛色舞地說。

田尋笑了，從剛才見到老威開始，這傢伙就一直抱著景泰藍瓶沒鬆手，簡直比抱兒子還親，他說：「把你那瓶子給我瞧瞧，自打我看到你，你那手就沒離開過。」

老威嘿嘿笑了：「請內務府的後人上眼。」

他先遞上瓶子，可馬上又縮回手來，雙手把瓶輕輕放在紅木桌上，田尋這才伸手捧起。在古玩界有個不成文的規矩，無論對朋友、還是談買賣，都不直接把古董交到對方手中，而是先放到平處再讓對方拿起來看，圈內人俗稱「不過手」，以免接遞時不小心打碎，到時說不清怨誰。

只見這瓶以銅作胎，敞口細頸、圓腹收底，瓶口邊緣鎏金，整體為寶藍色底，通身繪嵌明黃色如意纏枝和蝙蝠大紅壽桃紋飾，底邊有一圈萬字不到頭金線裝飾，整個瓶體用色又多又雜，非但不顯俗氣，而且十分飽滿和諧，雍容華貴，一看就知

第三章　老威

道設計者絕非普通工匠。翻過來再看底部，印有藍色楷體「大清光緒年製」兩行六字陰刻款。

田尋看了半天，臉色開始狐疑不定，伸右手道：「放大鏡！」

老威在旁邊一直觀察著他的表情，聞言立刻掏出放大鏡擱在他手中，田尋用高倍放大鏡仔細觀察瓶身上的掐絲做工，景泰藍原稱「銅絲琺瑯彩」，有掐絲和嵌胎兩種，是把金屬銅拉成細絲黏在、或嵌進銅胎上形成各種圖案，然後在圖案中填入琺瑯料或珠明料，最後再打磨光滑進窯燒製，工藝複雜而且成本又高，光緒年的景泰藍因為國家動盪，產量就更稀少。

田尋將放大鏡慢慢放下，用疑惑的眼神看著老威，瞅得老威渾身發毛：「我臉上有字？你總看我幹啥？」

田尋放好瓶子：「說實話，景泰藍的東西我真吃不準，你找別人看過沒有？」

老威說：「看過了，現在就想聽聽你的意見。」

田尋說：「我水平有限，真拿不準真假，但從做工來看，我相信這瓶子絕不是普通手工作坊能造出來的，如果真是光緒年的官窯貨，那可值銀子了。花多少錢買的？」

老威笑眯眯地說：「二十一萬，李教授也看過了。」

「他對這價怎麼說？」田尋連忙問。

老威說：「李教授就對我說了一句話：我終於看到你小子淘了件好東西！」

田尋哈哈大笑：「鹹魚還有翻身的時候，何況你老威了！對了，怎麼弄來的？快跟我講講！」老威樂得眼睛瞇成了一道縫，先開了一瓶冰鎮啤酒倒滿兩杯：「咱哥倆先喝酒，一會兒再講！」

於是兩人開始甩開腮幫子啃螃蟹，酒過三巡之後都有點微醉，老威打著酒嗝，用濕巾擦了擦手，拍著田尋肩膀說：「老田，首先我必須得向你表示最誠摯的謝意，當初是你在第三世界糧食最緊缺時，無私地援助了非洲兄弟，借給我三萬塊錢。也該著我轉運，我四叔他小舅子的表哥家就在駐馬店，我就揣著那三萬塊錢奔了河南。你知道河南境內有很多古墓，雖然現在少了，但也常有當地農民挖到古物。我在那待了半個多月，可巧運氣好，當地有家農戶挖菜窖時碰到一座不知哪個朝代的古墓，我當即拍出三萬塊錢收了兩件金酒壺酒杯，又給那農戶五千訂金，預訂下了剩下的幾件玉器。」

兩人正邊喝邊聊著，從店鋪外面進來一對夫妻，看樣子像是閒逛，對什麼東西都沒見過似的，老威站起來在兩人身後緊跟，這對夫妻知道自己什麼也不買，也就知趣地走了。老威立刻把一塊寫著「暫時停業、閒人免進」的牌子掛在門外，將店門緊閉門上，回來又坐下：「今天我不營業了，咱哥倆聊個痛快！」

「耽誤你顧老闆做大生意，這責我可負不起啊！」田尋嘿嘿笑著。

老威一瞪眼：「挖苦我是不？小心我削你！」田尋笑道：「得，幾瓶啤酒就喝醉了，我離你遠點吧！」

老威罵道：「你他媽才喝多了呢！別扯沒用的，快聽我接著講！我當即給廣州閻老闆打電話，讓他連夜坐飛機到鄭州交易。那兩件金器總共賣了八萬五，一下就掙了三倍！然後我又回駐馬店把餘下的幾件玉器和翡翠戒指都收了來，再去鄭州出給閻老闆，又賣了二十多萬，最後一算，我這趟買賣總共淨賺二十萬！」

「行啊哥們，你總算也露了一回大臉！」田尋給他倒了杯酒，兩人喝乾，老威越喝越興高采烈，酒勁也上來了：「從這以後啊，我就覺得咱哥們在古玩這行的學費也交得差不多了，該見點兒回頭錢了吧！你說我以前倒霉那陣子，連喝涼水都塞牙，走平地都跌跟頭，可這運氣要是轉過來，他媽的連門板都擋不住！今年咱們中國的股市不是大牛嗎？很多人都把閒錢投股市裡玩股票和基金了，相對來說倒古玩的越來越少，於是古玩的行價也是幾十年來第一次走低。」

田尋正掰開一隻螃蟹殼挖裡面的蟹黃，邊吃邊點頭：「說得沒錯，今年股市是很火，九成的A股都在上揚，就連股東卡是啥都不明白的老太太也能賺錢，那美國股神巴菲特不也開始大批收購中國A股了嗎？而古玩價格就開始下滑，齊白石的畫以前每平方尺少說十多萬，現在五、六萬就能拿下，的確是抄底的好時候。」

老威把掏空的螃蟹殼用力一墩，蟹殼在桌上滴溜轉圈：「英雄所見……那個……那個略同啊！如果不是今年古玩行情下跌，我那些金、玉器也不能只賣二十幾萬，當然也許那農民也不會賣給我，聽說他們私下都認識很多文物販子，而今年那些販子很多都改行玩股票了，所以農民才低價賣給了我，你說這是不是天意？」

田尋夾了一筷頭豬耳朵，在他面前晃了晃：「你這就叫母豬掉進酒糟缸——走狗運了。」老威氣得給了他一拳：「去你的吧，你才是母豬呢！」

他接著講道：「於是我就開始四處打聽哪個收藏家想甩古玩，用回籠資金來炒股票。別說還真有不少，棋盤山那邊有個六十多歲的老收藏家，看好股票大火正想入市，於是托人甩賣手上一些玩意，我就去他家挑來選去拿下這件光緒景泰藍銅瓶。」

第三章　老威

田尋點點頭：「雖然看不準景泰藍的真假，但價格我還是有譜，像這種檔次的瓶子，正常價位應該至少在六十萬元以上，如果不是今年股市大熱導致古玩市場低迷，這種便宜事可輪不到你頭上。」

老威嘿嘿笑了，連打了幾個酒嗝：「可不是嗎？老田，你說我是不是開始時來運轉了？」

田尋嘴裡啃著螃蟹腿，含糊不清地說：「很有可能，準備什麼時候出手？」

老威往椅背上一靠，滿臉輕鬆：「不急！等一、兩年後股市開始下跌，古玩市場回暖，那才是我老威真正露臉的一天！」

田尋豎起大拇指：「說得對，跟我想的一樣！看來以前的學費沒白交！」

老威摟過田尋肩膀，醉醺醺地說：「老田，說句掏心窩子話，你真夠朋友，咱倆非親非故，你幫了我這麼大忙，我肯定不會忘了你這份情。」

說完他掏出錢包，拿出一張銀行卡：「這張卡是你兩個月前借我的，但這卡不能給你，我要留為永久紀念。」另一隻手在空中劃個小半圈，又掏出另一張招商銀行卡：「這卡裡有四萬塊錢，是我連本帶利還你的。」把卡塞到田尋手裡。

「什麼利息？這利息太高，我成放高利貸的了！」田尋把卡退回。

老威斜睨看著他，眼珠也有點掛紅絲：「你當真、還是和我客氣？我可沒工夫跟你扯皮，拿著！」

田尋又把卡放在他手裡：「錢是好東西，我也喜歡，但我不能拿不屬於我的錢，這是我的原則，你該還我的錢少一分也不行，但多一毛我也不要，你存好三萬塊，下星期天我再來取，就這麼定了。」

老威見田尋態度堅決、不像客套，只好收回銀行卡，自言自語地說：「唉，啥也不說了，以後你田尋的事就是我顧大威的事。」

田尋笑著說：「還是好好保存銅瓶吧，可別出了岔子。」老威連連點頭：「對，沒……沒錯，這東西就是我的命，不對！它比我值錢多了……」邊說著邊把銅瓶放進保險櫃裡鎖好。

田尋見他腳步發飄，已經到了半醉和全醉的邊緣，於是又聊了一會兒，起身在旁邊水盆裡洗了洗手：「老威，我吃飽了，下午我還要去杏林街那邊辦點事，就不多聊了，你也回家睡覺去吧，今天也別營業了。」

「這麼快就走啊？」老威還有點捨不得。田尋又警告道：「你去外地民間收古玩沒錯，但盡量還是少碰那些盜墓賊手裡的東西，別為了賺那點錢，把自己給折進去。」

老威哪裡聽得進去？嘴上應承著：「行，我聽你的，你忙去吧，我……我自己再喝會兒，今天高興，心情好！」

「注意點，小心喝成酒精肝！」

出了古玩市場，田尋騎上電動車直奔杏林街。上個月他在蘭州機場認識的那個空姐劉梅交給他五千塊錢，托他買些東西去看望她父母，田尋一直沒忘這事，現在他腿傷剛好點，就趕緊想把這事給辦了，以免心裡放不下。於是先到附近的家樂福超市選了些北京果脯、樓蘭A級大棗，又買了五條極品雲煙，總共花了不到兩千塊，還餘三千多，就想再買點什麼東西。此時超市裡正在搞保健品大促銷，幾個漂亮女孩穿得花枝招展，拋著媚眼向田尋極力推銷一種叫「腦黃金」的保健品，女孩們巧舌如簧，介紹這產品如何如何好，每盒僅售八百八十八元，真是太划算了云云。

第四章　汪經理

田尋一向對這種轟炸式促銷的垃圾保健品毫無興趣，同時也沒了購物心情，乾脆離開超市，直奔劉梅父母所在小區。按地址找到劉梅家見到她父母，將煙、果脯和錢送上後離開。

又過了十幾天，這天田尋早早起來，吃過媽媽精心做的雞蛋麵條後，乘公車來到林氏集團瀋陽分公司。

剛到出版部還沒坐下，正巧碰到汪經理祕書，她告訴田尋，說經理吩咐過，只要他一來上班，就先去經理辦公室報到，於是田尋來到汪興智經理辦公室，汪經理見到田尋覺得很意外：「總經理不是說給你放帶薪長假嗎？想休多久就休多久，這麼好的事可不是每天都有，可你怎麼這麼快就來上班了？傷好了嗎？」

田尋坐在辦公桌對面的沙發椅上說：「哦，已經好得差不多了。汪經理，胡祕書說讓我先找您報到。」

汪經理說：「是這樣，總經理和我說過，讓你一來上班就先把差旅補助表填

第四章　汪經理

好，喏，這次你去新疆出差十三天，回來時又在西安住了半個月醫院，差旅補助和醫療補助費共計一萬兩千元，你先簽個名，我好報給老總簽字。」

田尋連忙簽了字，汪經理把文件收起：「你也真是，既然身上有傷就多休息幾天，總經理都批了，不管休息多長時間，工資照發，多好的機會啊！你小子還是太嫩。」

田尋笑了笑：「這個……其實傷都快痊癒了，總在家賴著也不好意思，而且我……」

他似乎有什麼事情想說，卻欲言又止，汪經理問：「有什麼事就直說，怎麼吞吞吐吐的？」

田尋還在猶豫間，忽然汪經理探身盯著他身上穿的藏青色西裝說：「田尋，你這西裝的樣式很眼熟啊，什麼牌子的？」

田尋抬了抬袖口：「哦，是喬治阿瑪尼的。」

卻不想汪經理哈哈大笑：「你太幽默了，穿個假牌子出來，也不怕讓人笑話！」

「假牌子？這……不可能吧？」

汪經理笑道：「你知道真正的喬治阿瑪尼西裝多少錢一套？正好是你一年的工資，還得算上年終分紅！不過這西裝版型？仿得真像，差點把我都給唬了，但你最好別穿這種假冒牌子，不但丟自己的人，同時也會貶低公司形象。」

田尋低頭摸著袖子，說：「是假牌子？應該不會吧，林先生怎麼會送給我假冒的呢？」

汪經理連忙問：「什麼林先生，誰、誰送你的？」

田尋說：「哦，從新疆回來的時候，我不是到了西安看病嗎？後來順便在林振文先生家住了幾天，這套西裝是林先生送給我的，說是特地按照我的身材尺寸在意大利現量現做，然後再空運到西安。」

汪經理臉上的笑容漸漸凝固：「是林……林董事長送給你的？」

田尋點點頭：「對，沒錯。」

汪經理快步繞過辦公桌：「我看看！」

田尋站起來解開西裝上衣釦子，把襯裡的標牌亮出來，汪經理仔細看了半天：「Giorgio Armani……沒錯，阿瑪尼的高級男裝訂製品牌，世界上任何一家商場都沒有銷售，只由意大利本土的阿瑪尼高級設計師親身裁剪訂做，每套男式西裝最低

第四章　汪經理

售價不低於一萬美元！」

「啊？有這麼貴？」田尋聽了後十分驚訝。

汪經理賠著笑問田尋：「林董事長為什麼要專門從意大利為你訂製西裝啊？他欠你人情嗎？」

田尋說：「他是林氏集團大老闆，怎麼能欠我一個普通小職員的人情？我也不知道為什麼送我西裝，也許是對下屬的嘉獎？」

汪經理笑著搖搖頭：「我在林氏集團幹了十二年，從沒聽說林董事長送哪個下屬東西，更別說從意大利訂做西裝了。真沒有別的原因？你再好好想想？」

田尋無奈，只得說：「我和他的妹妹林小培是好朋友，也許是因為這個吧！」

汪經理頓時恍悟：「我明白了！你和林家的三小姐是……這個……」用雙手大拇指做了個配對的動作，眼中露出狡黠之色。

田尋連忙否認：「不是不是，汪經理您誤會了，我和她只是普通朋友，絕對沒有您說的那種意思！」

汪經理神祕一笑：「你放心，我是不會傳出去的，這個我懂！」

田尋也不好再辯解，只好道：「經理，那我先回辦公室去了，有什麼事您再叫我。」汪經理連連說好，親自把他送出辦公室大門外。

出了經理辦公室回到自己座位，田尋趕忙脫下身上的「喬治阿瑪尼」西裝上衣，小心翼翼地用衣架掛在牆上，生怕給弄壞了。本來他並沒覺得有什麼異常，可自從汪經理說過之後，那西裝就好像是鐵皮做的，壓得田尋直往下沉。一套西裝上萬美元，刮壞個口子也得值幾千人民幣吧？所以乾脆別穿。

同事王浩坐著帶滑輪的靠椅一路滑過來，說：「怎麼，新買了西裝捨不得穿，準備掛在牆上當國畫？」

田尋笑笑沒說什麼。王浩手裡捏著份報紙，小聲道：「哎，出什麼事了，怎麼經理親自把你送出來？」

田尋打開電腦電源：「沒什麼，多囑咐幾句話而已。」

「是嗎，看了有點不習慣。腿傷好點了嗎？」

「好多了，沒什麼大事，死不了！」田尋笑著回答。

王浩歎道：「你可真命大，去新疆出差居然碰到偷獵的！不過沒事就好，來，先看看這條新聞。」說著遞上報紙，田尋接過一看，見頭版大標題寫著：

新疆喀什古墓地驚現文物走私販老巢，數十不明身份走私販斃命地下洞穴，死

第四章　汪經理

因尚未查明。

王浩問：「你這次出差去的就是喀什吧？聽說過這事嗎？」田尋心中記得林之揚和林振文臨走時對他的叮囑，因此表面上假裝什麼也不知道，漫不經心地回答：「沒聽說過，那都是警方的事，怎麼可能傳那麼快！」

王浩用手指點著報紙說：「這不都已經見報了嗎？還說傳得不快。」

田尋邊用濕毛巾擦桌子邊說：「你好好看看，文章上說那都是半個多月前的事了，現在才首次見報，我在新疆那時候怎麼會聽說呢！」

王浩撓了撓腦袋：「說得也是，聽說那些走私文物的都是西亞人，看來中國好玩意真多，外國人總惦記著。」

田尋笑說：「你才知道？為什麼中國這麼窮？就是因為有太多財富跑到了國外。對了，我出差這一個月裡，我的工作由誰負責？」

王浩收起報紙：「我和一個新來的實習編輯共同分擔你的工作，連加了半個月班，現在你回來，我也該好好歇歇啦！」隨後他又詭祕一笑：「你這大半個月的差旅費可不少哦！」說完滑回自己的辦公桌。

田尋笑了：「這我可過意不去，下了班我請你吃飯，對面川香樓，怎麼樣？」

王浩十分高興，咧嘴嘿嘿一笑：「這還差不多，咱倆好好喝幾杯，順便再給我講講去新疆出差有什麼好玩的沒有！」

到了中午大家照例去食堂吃飯，不多時又看到那個叫楚紅的總經理祕書上來，今天的她穿了一身黑色真絲緊身連身短裙，性感極了，只是臉上表情有點不太自然。同時田尋又發現食堂裡氣氛頗有不同，很多人嘴上不出聲，卻各自在私下裡交換眼神、笑容詭異。

王浩湊到田尋耳邊，壓低聲音說：「半個月前的一天晚上她和老總在辦公室裡偷情，被不知情的更夫發現，第二天更夫就被辭退了。可沒有不透風的牆，還是傳得整個財富大廈無人不知。」

田尋這才明白，也低頭邊吃飯、邊暗笑。

這時一個女孩端著餐盤走過來坐在兩人對面，田尋抬頭一看，卻是唐曉靜。只見她今天穿了一件天藍色長袖緊身薄毛衫，圓領口開得很低，露出脖頸中白嫩肌膚，飽滿的胸脯挺立在毛衫裡，下面是一條黑色百褶真絲短裙，裡面是水晶絲襪和黑色高跟長靴，十分漂亮迷人。王浩看到有美女主動過來同桌，不覺愣住，他自然不認識唐曉靜，田尋笑著說：「曉靜，妳今天太漂亮了。」

第四章　汪經理

唐曉靜伸直雙腿，高高的鞋跟輕點地面，笑吟吟地說：「聽說咱們田大才子出差受了傷，好些沒呀？」

田尋道：「好得差不多了，剛入職就碰上出差，也沒機會好好和妳聊聊天，最近怎麼樣？財務部經理助理做得還好吧？」

唐曉靜說：「還算順利，就是那個老處女副經理有點討厭，整天板著一張死豬臉，好像我欠她多少錢似的。」

「妳說的是財務部郎副經理？」王浩連忙道。

唐曉靜點點頭：「你也認識她？」

王浩左右看看，低聲道：「小聲點，別讓她給聽了去！那個姓郎的副經理是出了名的黑寡婦，對誰都冷冰冰的，不光對妳。」

田尋說：「經常給妳小鞋穿嗎？」

唐曉靜說：「那倒沒有，就是看她那副鐵面孔討厭！」

田尋笑了：「沒有就好，妳管人家笑不笑呢！」王浩涎著臉笑道：「我說田尋，你和美女聊得熱乎，也不給我介紹一下，太不夠意思了！」

田尋剛要說話，唐曉靜大大方方地說：「我叫唐曉靜，你就叫我曉靜吧！我是和田尋同一天來面試的！」

王浩哦了聲：「怪不得，妳好，我叫王浩，浩然正氣的浩。」

田尋撇了撇嘴：「你就別往自己臉上貼金了，我看你是滿臉邪氣。」王浩咧嘴一笑：「還是你小子瞭解我。」逗得唐曉靜咯咯嬌笑。

王浩在桌底下偷偷捅了捅田尋，朝對面使了個眼色，田尋馬上就明白他心裡打的什麼算盤，笑著說：「曉靜，下班後有事嗎？沒事就一塊去吃飯吧，我出差這段時間王浩沒少幫我幹活，我要在對面川香樓請他喝幾杯。」唐曉靜高興地答應了。

她用飯勺在餐盤裡挑出一塊五花肉，笑著說：「這塊肉太肥了，我可不敢吃，扔了還浪費，你替我吃了吧。」田尋愛吃肥肉，他剛要答應，旁邊王浩卻迅速端起餐盤接住肉：「給我給我！我最喜歡吃肥肉了！」

唐曉靜性格大方，她笑靨如花，對王浩說：「我聽別人說愛吃肥肉的人最懂得愛情，你是嗎？」

王浩笑嘻嘻答道：「那當然！我王浩一向是最重感情了，老田你說是吧？」

「我可不知道，我只知道酒鬼從來不承認醉，壞人從來不說自己壞。」田尋面無表情。

唐曉靜笑得直不起腰，王浩指著田尋：「你可太不夠意思了，在美女面前毀我名譽。」

田尋笑著：「我告訴你，別看人家曉靜長得漂亮就打歪主意，她可是有主的鮮花。」王浩剛好吃了一口米飯，差點沒嗆著，連忙低頭咳嗽，田尋和唐曉靜相視大笑。

到了下午，田尋正在翻看本期的《收藏與拍賣》特刊時，經理祕書從經理辦公室出來，踩著高跟鞋將一沓文件逐個發給部門裡每名雜誌編輯，田尋也有一份，見上面寫著：

林氏集團瀋陽分公司出版部雜誌編輯工作分配變更計畫表。

下面則列出每名編輯具體應該負責哪些工作內容，田尋仔細看了一遍，發現原本應該由自己負責的那幾份工作都被拆開、分攤給其他幾位編輯，基本上減掉了自己一半工作量，而且從財務部劃給出版部的印刷資金居然也由自己負責調撥，那可是十幾萬哪！出版部不另設財務人員，因此按慣例由一名資深職員兼任出納職位，現在竟然整個出版部裡除了經理和副經理之外，就只田尋有這個權力。

田尋大惑不解：這個汪經理在搞什麼鬼？我進公司才三個月，為什麼會對我委

第四章　汪經理

此重任？其他那幾個編輯也都互相交換眼神，眼神充滿疑惑，只是田尋在場，不便交頭接耳。田尋心中打鼓：難道汪經理察覺出自己想辭職，先逐步卸掉工作量？可這事沒對誰提過，汪經理也不太可能知曉。正尋思間，下班鈴響了，抬手看看007海馬手錶，原來不知不覺已是五點鐘。

這段時間田尋過得並不舒服，甚至是整天食不甘味，腦海裡儘是林之揚那貌似慈祥、卻陰險無比的臉，他知道自己的緩兵之計不會管用，以林之揚的為人，不會輕易放過他。爸媽見田尋臉色不好，還以為他腿傷未癒，再加上工作壓力太大，特意給他燉了豬蹄補身體，可田尋哪裡有胃口，每頓飯只能勉強吃一小碗。

有一次在飯桌上，他試探性地問爸媽搬家到大連、或是青島去如何，爸媽都以為他忙昏頭說胡話，根本沒理他。

晚上睡覺時，田尋心想：搬家的確不那麼容易，而且就算搬了家，林之揚想找到我也不是什麼難事，最好的辦法是盡快提出辭職，然後離開瀋陽，到南方去找個偏僻山溝躲起來，就算林之揚用抓丘立三的方法在全國撒網找，只要自己不拋頭露面，也未必就能找到自己，不過也許林之揚早就開始暗中派人監視自己的行動，但也沒其他辦法，到時候盡量想辦法甩開尾巴，跑得越遠、越偏僻越好，最好能逃到神農架或是雲南深山裡去，不信林之揚的獵狗嗅覺就那麼靈，為了保全家人的安全，也只好不向警方告發林之揚的犯罪動機，而自己躲個一年半載，等林之揚全家逃到國外，也就可以回家了，這一切只當是做了個噩夢。

主意打定，這天早上他敲開汪經理辦公室大門進去，遞上一份報告。汪興智接過報告看了看，感到非常意外。

「什麼？你要辭職，為什麼辭職？」汪經理扶著金邊眼鏡，「不是在開玩笑吧？」

田尋笑了笑：「經理，這種事怎麼能開玩笑？我真要辭職，這是我昨天晚上連夜打出來的辭職報告。」

汪經理又把報告仔細看了一遍，扔在桌上說：「田尋，恕我沒弄懂你的意思。腿傷未癒可以繼續放長假，你隨時可以回家休息，總經理也做了批示，就算你休息到南非世界盃開幕也照發工資，所以我認為這個報告上寫的理由並不成立，我倒是想聽聽你的真實想法。」

田尋尷尬地笑笑，換了個坐姿說：「嗯……是我家裡也有點原因，我父親的高血脂病一直沒好完全，我想在家護理護理，也好好陪陪他。」

汪經理嘿嘿笑了：「護理家人半年、一年也就夠了，你辭職了就沒有工資，而放長假還有錢拿，我相信你沒這麼傻吧？再換個理由，否則這報告我沒法上交。」

田尋徹底無奈，他狠了狠心道：「是這樣，我覺得林氏公司不太適合我，所以想換個環境。」

「哦，是這樣？」汪經理用手推了推眼鏡：「據我所知，我們林氏公司無論在辦公環境、還是個人待遇和發展空間上都絲毫不遜於其他同等企業，就拿你來說吧：你的職位是出版部編輯，這和你以前的工作完全對口，雖然在行政級別上只是編輯，但你的待遇和福利在上個月就已經跟副經理同級了，這說明你在本公司前途遠大，怎麼卻說不適合你？而且我為了照顧你的腿傷，特地將你的工作量減輕一半，這我可是頂著公司內部輿論壓力啊！畢竟你是林董事長欽點來我們公司的，我哪能不照顧？」

這下田尋才算明白為什麼汪經理減掉了他一半的工作內容，又讓他管理資金，原來是看見林振文送自己昂貴西裝，從中嗅出了他和林家之間非同尋常的關係，於是開始暗中拍馬屁，不禁感歎這汪經理辦事效率還真不是一般地高。

第五章　上當受騙

他無法作答，乾脆也不再繞圈子：「汪經理，跟您說實話吧，不是錢的原因，我家要搬遷到青島去定居，所以不能繼續在本公司任職。」

汪經理很意外：「搬家到青島去？那又是為什麼？」

田尋不想過多解釋：「這……這是本人家庭內部私事，還望汪經理包涵。」

既然說到這個份上，汪經理也沒了話說，他點點頭：「那好吧，一會兒我會把報告呈交給總經理批示，有了結果我會通知你，先等幾天吧！」

田尋離開經理辦公室，回到自己的椅子上長吐口氣，似乎卸下了千斤包袱。

又七天過去了，田尋正在整理稿子，汪經理忽然打電話過來讓他去一趟，來到辦公室裡，汪經理對他說：「你的辭職報告總經理已經批覆。不過你也知道，這段時間我們要和英國佳得拍賣行搞一個大型文物拍賣會，特刊還要繼續出版，所以這些日子我們出版部比較忙，老總的意思是等三個月後特刊印出，你再離開公司，這是總經理的意思，希望你能為公司著想，把工作做到善始善終。」

田尋心裡一百個不願意，可又找不出太好的理由拒絕，也只得答應。出了辦公室他還納悶，事情怎麼這麼巧？林之揚給自己三個月時間考慮盜漢陵的事，而汪經理卻讓田尋三個月之後再離開。田尋坐在辦公桌電腦打字，腦子裡卻飛快地旋轉著，一個個方案被想起又被否定。最後他還是決定三個月之後再離開瀋陽。

下班後田尋在街邊牆上找了一個辦假證的電話號碼，聯繫了一個專辦假證件的廣東人，交五十元訂金辦了個假身份證，約定好三天後收貨，留著以後出走時做幌子，可以躲避林家追查。

廣東人辦事效率高，三天後證件就做好了，田尋藉外出辦事之機取到了證件，這是張第一代身份證，因為第二代身份證裡面有晶片無法造假。證上除了照片是他本人之外，其他一切資料都是假的，仿製程度很高，根本看不出真假，隨後他又到銀行用這張假身份證辦了銀行卡，先取出自己那十萬元存款，將五萬存在那張假銀行卡中，另五萬帶在身上。

晚上下班回家，見媽媽做了一大桌子豐盛的菜，爸媽也擺好碗筷坐著等他回來，田尋見桌上竟然擺著一盤清蒸大閘蟹，這大閘蟹是陽澄湖特產，每斤最便宜也要近百元，田尋喜歡吃海鮮，在去年春節時買過幾隻，還被老媽給扣上奢侈浪費的

第五章　上當受騙

帽子訓了小半天，而今天這大閘蟹哪兒來的，難道是老媽買的？

他爸笑吟吟看著他臉上的疑惑，說：「快洗洗手坐下吧，就等你了！」

田尋邊脫夾克邊說：「這大閘蟹是誰買的？」

「你爸給你買的！」田尋媽笑著說。

田尋一撇嘴：「不可能吧？肯定是誰送的。媽最反對買貴東西了，總說不要浪費，有錢要省著花。」

田尋爸笑了：「傻小子，是不是工作壓力太大了，今天是你生日啊！」

「啥？我生日？」田尋一愣，「今天是……多少號啊？還沒到吧！」

田尋媽邊給三人盛飯，邊說：「今天是陰曆九月十三，你每年都記得，咋今年還忘了呢？看來是忙昏頭了。」

這下田尋才想起來：「哦！我是有點忘了。往年過生日也沒有大閘蟹，今年怎麼出奇？」

田尋媽看了看他爸，道：「買螃蟹是你爸出的錢，我嫌貴不讓他買，可他非買不可，說你這兩年給家裡花了不少錢，自己連媳婦都沒說上，所以今天給你補償補償！」田尋爸也嘿嘿笑了。

田尋心裡一陣熱乎乎的不是滋味，他連忙坐下：「可別這麼說，給家裡花錢是正常事，怎麼還扯遠了呢？」田尋爸拿起桌上的一瓶長城乾白葡萄酒，用啟瓶器旋開軟木塞倒了三杯酒，田尋心裡毫無興致，可臉上又不能流露出心中的焦慮緊張，畢竟爸媽好心給自己過生日，只得強裝笑臉乾杯。

席間田尋對父母說，林氏集團又準備在南方開辦新的分公司，自己被西安總部選中要跟著去開拓市場，可能三個月後就要動身。

爸媽聽了之後面面相覷，忙問要去多久，田尋說少則半年、多則年餘，然後他拿出那五萬元交給母親，說出差的那段時間很可能沒空回來，這錢他們就留著花，不用擔心。可有道是兒行千里母擔憂，田尋媽還是唉聲歎氣起來。

已是深夜，而田尋卻沒什麼睡意，他正在往一個大旅行包裡裝東西。雖然要三個月後才離開瀋陽，但現在閒著無事，而且心理壓力又大，只好借收拾東西排緩一下緊張的心情。除了內衣和兩雙輕便鞋，還有些生活必需品，當然這些東西都不重要，只要有錢什麼都能買到，田尋看了看那張假身份證和假銀行卡，不由得搖頭苦笑，自己一個普通老百姓，居然被逼得要逃到南方、隱姓埋名的地步，可這一切又是誰造成的，又究竟該怪誰呢？

第五章　上當受騙

次日中午，田尋在食堂吃完飯，王浩拉著田尋要去街對面的球房打檯球，剛要動身，田尋忽然接到唐曉靜發來的一條短信，說有急事，約他在街拐彎的咖啡館見面。田尋心中疑惑，連忙推掉王浩的邀請，出大廈往右行了五十多米，來到這家叫「往事如風」的咖啡館。

咖啡館裡裝飾雅緻，滿屋都飄著卡朋特的輕音樂，剛進門就看到唐曉靜坐在靠玻璃窗的位置上微笑著向他招手，雖然穿著一身漂亮的淺黃色洋裝，很是迷人，可她的臉上卻佈滿愁雲，似乎遇到了什麼不幸，就連笑容也很勉強。田尋坐下要了杯不加糖的藍山，笑著問：「美女，怎麼一副苦瓜相？有誰欺負妳了告訴哥哥，不會是那個厚臉皮的王浩吧？」

唐曉靜苦笑一下，歎了口氣：「沒什麼，只是心情很差，想讓你陪我坐一會兒。」

田尋暗想這小丫頭八成是失戀了，能讓一個女孩變成這副模樣的事不多。於是他笑了：「中國是個發展中國家，什麼都缺，可就是不缺男人，以妳的條件找個又帥、又有錢的不成問題，過幾天就好了！」

卻不想唐曉靜抬頭看了看他，道：「我沒失戀，只是家裡遇到了很麻煩的事情，壓得我喘不過氣來……」說完她眼圈發紅，好像要哭了。

田尋連忙正色道：「究竟怎麼了？快和我說說。」

唐曉靜輕輕攪動咖啡杯中的銀質小勺，慢慢道：「我爸爸在一家證券公司做經理，這幾年他一直在炒股票，今年股市大火，我爸爸已經投進三十萬，可他還嫌不夠，於是我就在一個月前從財務部帳面上又挪了二十萬給他。卻不想半個月後，他買的那支股票突然停盤，五十萬全都打水漂了！」

「妳說什麼？」田尋非常意外，「妳膽子也太大了，才到公司幾個月，就敢挪用公款給妳爸爸炒股？」

「人家也是一時糊塗嘛！」唐曉靜又抽泣起來。

田尋歎了口氣，又問：「為什麼停盤？是不是內部要重組？」

唐曉靜搖搖頭：「那支股票因為排污被國家強迫停產整改，什麼時候恢復都不知道，業內人士估計，一年之內是不太可能了。」

田尋說：「那可太不幸了，妳挪用公司的二十萬打算怎麼還？」

唐曉靜說：「我就是沒辦法所以才找到你，想向你借二十萬。」

「我、我哪有二十萬啊？」田尋愣了。

第五章　上當受騙

唐曉靜眼淚直流，連話也說不出來。

「別哭，我再幫妳想想辦法。妳向親戚朋友借過了嗎？」

唐曉靜說：「都借過了，沒一個幫忙的……」

田尋無語。唐曉靜又道：「公司再過半個月就要查帳了，到時候少了二十萬，我肯定要坐牢，可我不想坐牢啊！」

田尋想了半天，說：「我手裡倒是有幾萬塊，可也不夠啊！」

唐曉靜說：「是嗎？那你一定要幫幫我，我爸把汽車押出去了，要六十天後才能放款，到時候我就能還給你了！」

田尋暗想，出版部還有十二萬資金在自己手上，如果挪出十萬，再加上自己手裡幾萬塊湊合湊合出十萬借給她，兩個月後她就能還給自己，而特刊要三個月後才印刷，時間還是來得及的。但他對唐曉靜還不瞭解，實在不敢冒這個險，於是安慰了她一番，就各自回公司了。

下午田尋偷偷找到公司人事部新來的員工，檔案室的小陳。這是個剛畢業的大學生，經常在電腦問題上請教田尋，對他非常尊敬，田尋讓小陳幫忙調出唐曉靜的全部個人資料，小陳開始害怕不願意，但禁不住田尋軟磨硬泡，終於答應了。

晚上下班之前，小陳把資料透過手機短信發給田尋。次日週末，田尋按照短信內容找到唐曉靜父親任職的證券公司，在公司牆壁的人員展示欄上果然找到了唐林格的名字，資料也屬實。然後再登入公安網頁調出她的身份證，照片雖然有點模糊，但從長相來看，至少有八成相似，應該就是她本人。

這樣一來，田尋心中有了底，週一上班後，他悄悄從公司出版部分帳戶上撥出十萬元，連同自己湊出的十萬一起交給了唐曉靜。

唐曉靜感激得說不出話來，她用人格保證，兩個月後必定連本帶利還清。

一個半月過去，田尋心裡惴惴不安，生怕唐曉靜還不上錢，但她倒是氣色不錯，經常找田尋一同下班。

又過了半個月，這幾天田尋基本上每天都在跑新聞出版局申請特刊刊號，被出版局的人來回折騰好幾趟，不是這個資料不全，就是那個材料沒帶足，累得腿都細了。好容易完成了申請手續，回到公司已是下午四點多，就快要下班了。

田尋伸了個懶腰，用手捏著酸疼的雙腿，心裡暗想，再過十天公司要查帳，自己借給唐曉靜錢也剛好兩個月，得打個電話催催她。正在這時，王浩從外面走進來，側腿坐在田尋辦公桌面，詭祕地笑了笑：「老田，你小子還真有本事，怎麼

第五章　上當受騙

樣，跟財務部的那個美女助理搞得火熱啊！準備什麼時候拿下？」

田尋懶洋洋地翻著資料，頭也不抬地道：「我和她只是普通朋友，沒你想得那麼齷齪。」

王浩哈哈笑了：「你呀你，就會豬鼻子插蔥裝象，那小美妞看你的眼神都含著媚勁兒，說你們之間什麼都沒有，糊弄鬼吧！」

田尋說：「隨便你怎麼說都行。」

王浩又說：「其實在同一公司裡談戀愛不是什麼好事，有什麼事都瞞不過大伙的眼睛，不過這下好了，現在她不在公司上班，你就可以對她大膽施展拳腳啦！」

田尋連忙抬頭問：「你說什麼？她怎麼不在公司上班了？」

王浩歎道：「你小子裝傻的功夫真是一流，我建議你去好萊塢當個臨時演員。」

田尋說：「我這幾天一直在忙跑刊號，到底怎麼回事？」

王浩說：「哦，她沒告訴你？真奇怪！」

田尋急道：「快說正事！」

王浩說：「唐曉靜四天前就辭職離開公司了，你真不知道，還是裝傻充愣？」

田尋渾身一震，手中資料差點滑落地上，他站起來瞪著王浩：「你說什麼？她……她辭職了？」

王浩嚇了一跳：「你咋了，詐屍啊？她真辭職了，前天下午我約財務部的小章吃飯，是她告訴我的，還說唐曉靜早在兩個月前就提交了辭職報告，四天前正式離的職。你緊張什麼？」

田尋慢慢坐下，說：「哦，沒……沒什麼，她還真沒告訴我。」

王浩笑了：「可能是想給你個驚喜吧？要不就是你把人家給惹生氣了，還不打個電話問問？這麼漂亮的女孩跑了可惜！」

田尋裝著笑點頭：「是應該打個電話。」

他等不到下班時間，快步走進衛生間撥打唐曉靜的手機，聽筒裡傳出一個熟悉的女人聲音：

「您撥打的號碼已暫停使用。」

接下來又是英文複述，一遍一遍地反覆說著。

田尋沁汗的手緊握手機，耳邊不停地響著電腦語音那冷冰冰的聲音，感到有點不知所措。他怕是線路問題，掛斷後又撥了三次，都是相同結果。

第五章　上當受騙

「這是怎麼回事？」田尋心裡直打鼓，難道她辭職後連手機號也換了？可為什麼半點消息也沒告訴我？他腦海裡閃過一絲不祥之感，但又馬上打消了。她的家就在瀋陽，地址電話和一切資料自己都已掌握，跑了和尚，還跑得了廟？

他立即按身份證上的地址找到唐曉靜家，地址並不難找，一個中年婦女開的門，田尋說明來意，中年婦女客氣地把他讓進屋，說這就去叫唐曉靜出來。

過了一會兒，從內屋走出一個剛睡醒的女孩，令田尋意外的是，這女孩並不是唐曉靜，而是個胖乎乎的、和唐曉靜相貌相似的女孩！

田尋仔細詢問，對方見田尋根本不認識自己，也起了戒心，甚至還要報警。田尋連忙把事情細說一遍，最後他明白了：這個女孩是叫唐曉靜，而林氏公司那個漂亮的唐曉靜竟是假冒的，她盜用了真人的身份證和一切家庭資料，來了個複製。

田尋失魂落魄地回到家，當晚就失了眠，首先可以肯定這個漂亮的「唐曉靜」是假冒的，她假借別人身份是為了找目標，一旦遇到合適的人選就下手，結果就選中了自己。他氣得牙根發癢，恨不能猛搧自己一頓耳光，吃了三十年鹹鹽，卻被一個小丫頭騙去二十萬，簡直把人丟到了國外。

次日一早，外面下起了大雪，這是今年入冬的第四場雪，雪後氣溫更冷，深吸一口氣，冷風直嗆肺管，但空氣被過濾得十分清新，踩在厚實的雪上咯吱咯吱響，這種環境令人精神一振，可田尋的腦子卻更加煩亂。到公司後，田尋先去人事部打聽關於唐曉靜的事，人事部經理助理是個姓章的，年紀較長的女孩，和王浩關係有些曖昧，田尋也和他倆一起出去吃過飯、打過檯球、K過歌，還算是比較熟，那個新來的大學生小陳還沒轉正職，因此員工退職也並不經手，田尋只能去找小章。

小章向田尋透露，說那個假唐曉靜早在十月上旬就打了辭職報告，但她並沒有交給本部門經理轉交人事部，而是直接親自交到人事部經理手中。不知為何，人事部經理沒和副經理等人交代此事，直到約定退職日期到了大家才知道，所以在她離開公司之前，全公司上下除了總經理之外，就只有人事部經理知道這事。

田尋坐在電腦前，真是心情沮喪到了冰點。思前想後，還是覺得要盡快報案。主意剛打定，卻接到汪經理的電話，通知他馬上到監察部去一趟。田尋納悶：公司監察部是專門負責清查內部員工違章違紀的部門，怎麼突然找我？難道……

他心中起了不祥之兆，難道是挪用公款的事露了？可距公司查帳還有些日子，怎麼會暴露？想歸想，田尋還是立刻來到監察部。

林氏公司所有部門的大門都是深紅色的，再配上純銅雕花門把手，看上去高貴漂亮，而只有監察部的門是黑色的，外面還有一圈白，似乎在告誡人：不要把黑的說成白的，否則就處理你。田尋平時經常打這門外路過也沒覺得有什麼不妥，而今天站到這扇黑門前，卻覺得這扇門是如此巨大、壓抑，似乎隨時都會倒下將自己壓扁。

田尋深吸口氣伸手敲門，有人拉開門，這人身材高大穿一身黑色西裝，對田尋說：「請進來。」語氣也是冷冰冰的。

屋子很大，卻只靠牆擺了個大文件櫃，櫃前一張大辦公桌，桌前有張無背椅子，田尋知趣的坐在椅上，這椅子設計得很小，坐上去有點重心不穩，也許是一種基於心理學方面的設計，以使被審者在心理上有種壓迫感。

那穿黑西裝的人反手關好門，垂手站在門邊，田尋見辦公桌內端坐一人，這人約四十歲左右，面沉似水、毫無表情，也看不出是喜是悲，穿一身深灰色條紋西裝，眼神如炬，直視田尋。田尋渾身不自在，他知道這人應該就是監察部經理，肯定是自己挪用公款的事露了，但仍然心存一絲僥倖，希望並非為了那件事，同時開始在腦子裡盤算該如何應對。

那穿深灰西裝的人開口說道：「你是出版部的特刊編輯田尋，是吧？」

田尋點點頭：「是我，沒錯。」

那人道：「我是林氏集團瀋陽分公司監察部經理古作鵬，本部門平均每年僅有不到五名員工可以被召進來，你算其中一個，知道今天我為什麼請你來這裡嗎？」

「不太清楚，估計不是請我吃飯吧！」田尋苦笑道。

這人稍為一怔，立刻笑了：「到了這兒還有興致開玩笑的人真不多，可惜你的膽量用錯了地方。給你看樣東西。」田尋背後那黑西裝立刻趨步上前，從辦公桌上拿起一張文件交給田尋。

接過文件還沒看，田尋就猜出是什麼內容，仔細一看果然，上面是公司三個月以內的各部門資金調動明細表。其中財務部和出版部用紅框圈著，上面清楚地顯示著：

第六章　看守所

二〇〇八年九月二十日，財務部，開戶行現金提取二十萬元，經手人：財務部副經理助理唐曉靜。

二〇〇八年十月十七日，出版部，內部金融網現金提取十萬元，經手人：出版部特刊編輯田尋。

田尋邊看邊在心裡敲鼓，他自然知道公司裡所有的資金轉移情況都會被電腦自動記錄在案，可一般情況下，只要查帳和資金使用沒出問題，公司是很少會調查這些資金轉移記錄的，也就是說，只要公司用錢的時候這筆錢還在，就沒人在意平時有沒有人調動它。

可問題是這次公司為什麼特意去調查資金轉帳？

古作鵬始終注意看田尋的面部表情，直到田尋把文件交給那黑西裝人。古經理微笑著道：「解釋一下吧！」

田尋說：「我承認是將公司的資金轉出過，那是財務部助理唐曉靜向我借的，她說財務部需要資金，於是我就……」

古經理打斷他的話：「本公司的金融制度你很清楚，無論哪個部門需要資金調動，都必須打報告給部門經理簽批，你這種說法是很幼稚的，不過沒關係，我有耐心聽你其他的解釋。」

田尋長歎口氣，他知道再找藉口是很愚蠢的，於是也不再隱瞞，和盤托出事情經過。

他說得很仔細，古經理也聽得很認真，聽完後，古經理依然面帶笑容：「田先生，別再演戲了。說實話你這套藉口比剛才好多了，只是忽略了最重要的一環，那就是動機。首先你和唐曉靜都是於五個月前進入本公司，你跟她並無深交，沒有理由會把二十萬巨款借給她；再有，你們同時進入林氏集團，而你在兩個月前遞交了辭職報告，唐曉靜十月初也做過同樣的事，時間只隔一周，別告訴我這也是巧合！」

田尋爭辯道：「我說的都是真的，我和她是沒什麼交情，我只是可憐她無力償還挪用的公款，到時候會坐牢，所以才一念之差動用了公司的資金。難道你們還懷疑我和她串通不成？」

「不是懷疑，是確定。」古經理收起笑容，冷冷地道，「說你和她沒串通才是見了鬼，你這套把戲恐怕只能騙騙弱智和低能兒，我們都是吃過鹽的成年人，勸你還是現實點，對我說實話，否則到時候將你移交公安機關，恐怕警察就不會對你這麼客氣了！」

田尋急得腦門沁汗。古作鵬又道：「你們倆應該一起逃掉的，不知為什麼她先走了，卻把你扔下，而且又在無意中露出馬腳，否則我們還真沒打算去查明細。」

田尋問：「什麼意思？什麼馬腳？」

古經理笑著說：「五天前，也就是她離職的前一天下午，她和財務部副經理聊天時曾經談及公司的資金轉帳制度，她說過這麼一句話：咱公司的資金簡直就是公用的，除了查帳那幾天，凡是掌握金融轉帳權的人幾乎都能借來用用，不信我們打賭，查一下平時的轉帳記錄，保證有收穫。」

田尋頓時呆了，這假唐曉靜為什麼要說這些話？

古作鵬又說：「副經理第二天上午立刻匯報給財務部經理，隨後副總下令清查公司一年以內的資金轉帳明細，才將你的事揪出來。」

田尋恨得牙根發癢，他說：「這個假唐曉靜完全是故意的，她就是想陷害我！如果我和她一夥，那為什麼我和唐曉靜不同時離開，還待在這等著事情敗露？」

古經理冷笑道：「是因為你沒有來得及跑掉。如果你們同時走就太顯眼了，所以你決定讓她先走，然後你再尋機會挪用一大筆公款後再逃掉，這樣就不會引人注目，我沒說錯吧？」

田尋徹底無奈了，他說：「古經理，我承認你分析得很有道理，但事情真不是你想的那樣！我和唐曉靜來公司之前完全不認識，我認為你是在冤枉我，我承認是挪用了公款，但那是事出有因，並不是故意的！」

古經理道：「說得對，你很聰明，如果是有組織、有預謀的挪用公款就是詐騙，這要比經濟犯罪和侵佔罪都嚴重得多，所以你極力為自己開脫責任。看來我們之間沒什麼話題了，田尋先生，在我們將你移交公安機關之前，還有什麼話要說嗎？」

田尋急道：「你要是非這麼想我也沒辦法，但你不能送我去公安局，我從小到大沒犯過法，我有為自己爭辯的權力！你不能僅憑一紙帳務明細表就送我去公安局！」

古經理按下桌上的電話總機按鍵：「我是監察部古作鵬，請公安局的人來一趟。」

田尋急了，他猛地站起來，卻被旁邊那高大的黑西裝者硬給按坐下，他大聲

第六章　看守所

說：「古經理，我剛才說的都是真的，那個唐曉靜是假的，我去過她的家，她的一切資料都是假借別人的，她根本就不叫唐曉靜，真正的唐曉靜也不在這家公司！」

古作鵬一揚眉毛：「哦？是嗎，你去過她的家？」

「是的，就在昨天下午！」田尋喘著粗氣道：「那個假唐曉靜所有的資料都是借用他人的，包括家庭地址和父母等一切資料，她只是和真唐曉靜長相近似，根本不是同一個人！」

古作鵬雙手一攤：「那就是警察的工作了，我不想越俎代庖，免得讓警察同志們沒活可幹。好了，就不多作陪，你先在這裡等一會兒，我還有事先走，再見！」

古作鵬說完站起來要走。那黑西裝者走上前來，向田尋伸出手：「不好意思，請田先生把手機交出來。」

田尋猶豫了下，知道反抗也不是辦法，於是掏出手機說：「我想給我家裡打個電話。」

古作鵬朝那黑西裝者點下頭，黑西裝者退後幾步，背手站在牆邊。田尋撥通家裡電話：「媽，是我，這幾天我要出趟遠門，可能得過一陣子回來，你們不用擔心。」

掛斷後，田尋將手機交出，古作鵬也離開房間。

不到五分鐘，兩名身穿藏藍棉制服的警察走了進來，一名監察部的副經理對警察交代了幾句，兩警察要求田尋和那副經理一同下樓，警車就停在大廈門外，警察讓田尋和副經理鑽進去，警車離開財富大廈，不知駛向何處。

坐在警車裡，田尋手足無措，暗想這輩子什麼車都坐過，就是這鋼條封閉的警車沒有，今天也算是有本事了。

不到十分鐘，警車在一幢深灰色舊式洋樓建築前停住，透過防彈車窗，田尋見洋樓大門處掛著「瀋陽市公安局經濟犯罪偵查局」的牌子。下車後兩民警左右護著田尋進了這幢建築，逕上二樓來到預審室。

監察部副經理先遞交資料，警察看過後，問田尋有什麼要說的，田尋又把事情經過講述了一遍，那警察肩章是雙槓三星，他對田尋說：「具體的案情還需要進一步深入調查，以確定性質是團伙詐騙，還是個人詐騙。不過既然挪用了公款，而且涉案金額比較大，初步來看經濟犯罪基本還是成立的。我國法律明確規定：企業在職人員挪用公款一萬元以上、職務侵佔超過五千元就算經濟犯罪，而且你也承認了事實，因此現在對你先實行暫押，轉交看守所，等到案件調查清楚之後再移交法院。」

說完，警察將立案通知書放到田尋面前。田尋爭辯道：「我真是被冤枉的，我承認挪用過公款，但絕對有人陷害，如果不是那個女孩假冒唐曉靜來騙我，我怎麼可能去挪公司的錢呢？」

旁邊的監察部副經理冷笑一聲：「上墳燒報紙——騙鬼呢吧！哪個壞人承認自己壞？我看你還是老老實實地接受調查，該說什麼就痛快點，也別給我們監察部找麻煩。」

田尋雙肘拄在桌子抱著頭不簽字。那警察似乎見怪不怪，慢慢對田尋說：「年輕人，這世界上沒有後悔藥可吃，你應該清楚地認識到：到了這個地方，就不要期待出現什麼奇蹟了，快簽字吧，別耽誤大家吃中午飯。」

田尋慢慢放下雙手，發著抖拿起鋼筆，無奈地在紙上簽了字，隨後副經理也簽過字，那警察又問副經理：「鑒於另有案犯未到案，如果調查之後確係被他人所騙而造成過失侵佔，到時候請你們公司出具一份意見書，如果你們願意從輕追究，法院可以考慮撤銷對他侵佔罪名的起訴。」

副經理點點頭，起身先離開了。

那警察又說：「需要給家裡打電話嗎？」

「你們要關我多久？」田尋問。

警察笑了：「那得看案件調查的進展情況，按最好的預料，如果是侵佔罪，再加上你的公司願意從輕起訴，也就是幾個月的事，可如果按最壞的結果……就不好說了。」

田尋雙手按了按太陽穴，極力穩穩神，說：「我可以隨時給家裡打電話嗎？」

警察說：「每週只有一天可以打電話，而且必須在監視下通話，想打電話和送東西進來只能在星期五申請，其他日子未判決前，除律師外不許探視，這是看守所的規定。」說完他一擺手，兩警察左右夾著田尋帶出房間。

田尋覺得很彆扭，下意識扭了扭身體，想掙開警察抓自己胳膊的手，那警察一瞪眼睛：「幹什麼？老實點！」

田尋說：「我跑不了，不用扭這麼緊！」兩人根本不理他，押著上了警車。

在警車上，田尋用手拄著額頭，大腦幾乎一片空白，似乎做了個長長的、還沒被人叫醒的噩夢，恨當初不應該可憐那個假唐曉靜，現在真成了階下囚。

警車拐上公路後一直向西南駛去，駛出市區來到市郊於洪區，半個多小時後，

第六章　看守所

遠遠看到公路邊有個佔地巨大的場所，警車拐到有高大圍牆的院門前停下，田尋下來一看，見院右邊牆上掛著「瀋陽市看守所」的牌子。高牆上拉著彈簧式電網，四角還有塔樓，一名警察下車到門亭裡登記，電動伸縮式鐵門緩緩移開，警車駛入大院。

下車後田尋先被帶到登記室填表按手印，交出錢包，裡面包括身份證、銀行卡等，接著走進更衣室，屋裡擺著幾大排衣櫃，每個櫃門上都有數字編號，在一名年輕武警監視下，田尋脫掉外衣，放進一個帶有編號的鐵櫃裡，再領了一套淺灰色、和櫃子編號相同的衣褲穿在外面。

田尋都有想死的心了，低頭瞅瞅身上這身衣服怎麼看怎麼彆扭，這輩子哪穿過這東西？雖然是嶄新的，可田尋卻突然覺得自己成了社會上多餘的垃圾，旁邊那名武警很年輕，又高又壯，像隻牛犢子，看來應該是剛從司法學校畢業，看上去精力旺盛、信心十足。他不耐煩地催道：「快點換，又不是在商場試衣服，看來看去地磨蹭什麼？」

這時田尋才真正感覺到自己已經失掉自由，不由得悲從中來，鼻子陣陣發酸。那武警大聲喝斥：「我叫你快點聽見沒有？」

田尋腦門發熱，立刻回覆道：「我這不是正在換嗎？你什麼態度？」這武警跨上半步，把眼一瞪：「脾氣還不小，神氣什麼？有能耐別犯事啊，進到這來就得老實點，快換！」

田尋繫好衣釦，那武警用鑰匙鎖好櫃門，說：「快走！」

出更衣室後，監區管教對田尋說：「給你家裡打個電話，叫他們送被子和餐具！」田尋顫抖著拿起桌上的電話，考慮半天根本沒敢給家裡打，後來還是撥通老威的手機，簡單說了情況。

打完電話後，在武警帶領下出了登記室到後院，院裡有四幢建築，分別用白漆塗著巨大的數字，總共四個監區，武警帶田尋進了第四監區大樓，登記過後上二樓右拐，順著長通道來到一處鋼柵欄門前，一名管教出來先檢查了武警的文件，簽字之後，伸手在管教室裡的控制台上按下電鈕開啟鐵門，然後也跟著武警走進來。

鐵門裡又是長長的水泥地走廊，兩邊都是厚厚的、帶小方氣窗的鐵門監室，門上也都排著號碼。小氣窗的高度剛好和人的視線平齊，只要經過就能看到監室裡面。田尋見屋裡都很寬敞，像宿舍似地放著幾排上下鋪，幾乎所有的氣窗前都擠著好幾張臉，這些人或笑或喜，像看西洋景似地瞧著田尋，還七嘴八舌地議論不停。

第六章　看守所

經過一扇鐵門時，氣窗前有個光頭壯漢咧著大嗓門說道：「又來新人啦？李教，咱這號子正好缺個看金魚的，來吧，讓他來吧，保證照顧！」

那管教操起皮帶上的警棍「硄」地狠敲了下鐵門，罵道：「滾回去，先看好你自己的鳥！」屋裡人全都哄笑起來。

田尋慢慢走著，心臟怦怦亂跳，他早聽說在看守所、或監獄裡有很多牢頭獄霸，會欺負得你暈頭轉向，想到這裡田尋的魂都快飛了，腦門也見了汗，從心眼裡盼著最好關自己的屋裡可別有這種人。

管教走到寫有四四六二號監室前停下，田尋心想：原來這監室編號和自己身上這衣服的編號相同。管教掏出一大串不銹鋼鍍鉻鑰匙挑出一根打開室門，裡面僅有不到十平方米，空無一人，竟還是個單間，房間裡除了一張單人床就是坐便，此外再無他物，床上連被子都沒有。

第七章　判刑

田尋提到嗓子眼的心可算放下了，對面監室裡的人笑著大聲說：「哎喲，這是什麼大人物啊，待遇不錯嘛，還上單間雅房呢！管酒嗎？」

管教一把將田尋推進門裡，鐵門砂地關上，隨即上鎖。田尋從氣窗朝外問道：「得關我到什麼時候？我想打個電話……」

那武警根本不理會，扭頭走開，管教邊用鑰匙稀里嘩啦鎖門，邊說：「想打電話和送東西進來只能在星期五申請，其他日子未判決前，除律師外不許探視，牆上有關押條例和作息時間，你先仔細讀幾遍記熟，最好照上面寫的做，否則到時候自討苦吃，可別怪我沒告訴你！」

隨後又自言自語似地說：「你也夠倒霉的，剛過吃午飯點兒，看來得餓一下午了。」

還沒等田尋張口問話，那管教已經走遠了。

田尋慢慢走到單人床邊頹然坐倒，把頭深深垂下。到現在他還以為自己在做夢，雖然這一切發生的並不奇怪，但卻總覺得都是假象，好像這夢隨時都會醒。外面走廊裡仍然響著雜亂的吵鬧聲和調笑聲，田尋將耳朵死死堵住，但那些聲音似乎很努力地穿透了手掌，直往耳腔裡猛灌。

過了一會兒，忽然聽見門響，抬頭見鐵門被打開，管教說：「四四六二，出來領東西！」田尋先是一愣，隨即明白這四四六二是他的編號，他苦笑著跟管教順走廊來到鋼柵欄門外，就看見一個熟悉的身影，是老威來了。雖然老威不是他親戚，但此時田尋心頭發酸，感覺比見到親人還親。

老威正和控制室的另一名管教說話，看到田尋身穿看守服出來，連忙迎上去抓住他胳膊急問：「老田，你……你怎麼跑這裡來了？到底咋回事啊？」

田尋剛要回答，那管教說道：「不許交談！拿了東西快回去！」田尋看到桌上放著一個透明塑料拎包，裡面是嶄新的被褥，另外還有一套牙具和飯盒。

老威對管教說：「同志，我不能和他聊一會兒嗎？」

管教搖搖頭：「不能！想探視就星期五來，平時除了律師誰也不能見，你今天是給他送被褥，否則也不能見，快走吧！」老威看著田尋，見田尋目光滿含委屈和期待，老威急得沒辦法，又不能說話，只好向他招招手，一步三回頭地走了。

田尋抱著被褥慢慢回到監室，坐在床邊雙手捂臉，大腦裡亂得像一團糨糊。也不知過了多久，似乎聽見走廊裡又開始有人聲，只是比剛才小多了。田尋慢慢放開雙手側頭去看，聽見鑰匙開門聲音響起，有人大聲說道：「開飯了！」

田尋嚇了一跳，下意識抬腕看看錶，居然已是晚上六點鐘，田尋心裡納悶，感覺時間不長，卻已經過了五個小時。

走廊裡很多人都穿著同樣的淺灰色制服，手裡托著飯盒慢慢排隊往外走，這些人高矮不一、年紀各異，既有十七、八歲的年輕小伙，也有五十開外的中年人。田尋像行屍走肉似地低頭夾在人群裡走，前面有很多人不時回頭去瞅他，還有幾人邊看邊互相擠眉弄眼，不知在打什麼主意。

出了鋼柵欄門拐兩個彎，來到寬敞的食堂中，這看守所的硬體設施相當不錯，食堂窗明几淨，燈光亮堂，數十排飯桌椅擺得整整齊齊，牆上的大屏幕投影電視正放著青城山的風光片。兩大排在押人員分別在廚師處領了飯菜之後，各自找桌椅去吃，這些人雖然沒有敢大聲說話的，但私下也有不少人竊竊私語、有說有笑，旁邊十幾名手持警棍、腰裡別著手槍的管教們見大秩序不亂，也就睜一眼閉一眼。

田尋前面兩個人邊走邊低聲談話，一人說：「天天放這些破風光片，看得我直想睡覺，怎麼不放幾個光屁股娘們，還能提點精神。」

那人也笑著說：「對，細皮嫩肉的那種，我也喜歡，要是能天天放這個，我寧願多待十年。」

先前那人說：「那你就跟管教說換到一、二監區去吧，那裡全是女的，隨便你挑。」

隊伍裡有個人假裝慢吞吞地走，忽然身形一閃邁出隊伍，倒退著移到田尋前面又移進來，田尋前面那人似乎早有準備，連忙向前空出地方給他插進。這傢伙光頭體闊，脖子上紋了個大蜘蛛，看上去就像一隻真蜘蛛趴在耳根似的，正是中午時在走廊裡聒噪的那傢伙。這人在田尋前面邊走邊回頭上下打量，目光停在田尋手腕的那隻錶上，田尋的００７海馬錶早在湊錢給唐曉靜時便留在典當行裡睡覺了，現在手上戴的還是頭陣子去新疆時配發的那隻美國波爾軍錶。這光頭伸左手抄起田尋胳膊，低聲笑道：「這錶不錯啊，外國貨吧？摘下來讓我瞧瞧。」

沒等田尋說話，這人已經扳開錶扣往下擼錶。田尋一抽手，道：「你要幹什麼？」

這光頭理都不理，繼續未完成的動作，田尋有點生氣，用力往回拽手腕：「你想搶東西嗎？」

前面的人都回頭來看，臉上均帶著笑，似乎習以為常。那光頭面帶慍色：「叫你摘就摘，哪那麼多廢話？」田尋不敢大聲吵，只能用力往回拉胳膊，隊伍裡頓時騷動起來。

這時一名身材高大的管教快步走近，周圍的人連忙轉頭回去，那管教來到光頭身邊，操起警棍「砰」地擊在他肩膀。這種警棍是用特殊合成橡膠做的，軟中帶硬，光頭一個趔趄差點跪倒，那管教罵道：「老實點，再惹事就別想吃飯！到後邊去！」

光頭手捂肩膀，疼得直抽涼氣，眼睛裡似乎都要冒出火來，但嘴上半個響屁也沒敢放，彎著腰乖乖溜到排尾去了。其他人似乎都很驚訝，互相用眼神交換著心中的疑惑。當輪到田尋打飯時，廚師問：「你的飯盒呢？」

田尋一怔：「我……我沒帶飯盒來。」

廚師說：「你家人沒給你送來嗎？」

田尋傻眼了，這才想起老威給他送過餐具，他說：「啊，有，我給忘了……」

後面有人開始起哄：「又一個忘的，得了，按老規矩回去反省吧，別吃飯啦！」

廚師身邊站著一名管教，聽他說：「給他拿一套餐具。」那廚師轉頭在餐檯上取了套不銹鋼飯盒和飯勺放在桌上，從一個個方格裡分別把米飯和菜打進去，說：「吃完了送回來！」

田尋端起飯盒連連點頭：「謝謝，謝謝。」又對那名管教也道了謝。

田尋返身往回走，那些未打飯的人臉上驚訝更甚，排在田尋下一位的人更是目送了田尋半天，那廚師用大勺一敲桌子，斥道：「看什麼，不想吃飯了嗎？」這人才回過神來打飯。

吃飯時田尋特意挑個最角落沒人的桌，另一端那光頭邊吃飯，邊看著田尋直運氣，旁邊那人低聲說：「龍哥，你說今天管教怎麼回事？像抽風了似的，難道那小子是所長的親戚？」那光頭大口往嘴裡扒飯，也不說話，眼睛冷冷地遠遠瞪著田尋。

晚上十點看守所準時熄燈，當然對田尋來說有沒有燈光也無所謂，他失眠了，沒有任何睡意，整夜一直躺在床上看著天花板發呆，腦子裡像放電影似地一遍遍閃過很多畫面，有假唐曉靜、真唐曉靜、王浩、古作鵬、汪興智，還有老爹、老媽……。

看守所裡漸漸有點發亮，那是清晨第一縷陽光從窗戶灑到屋裡，水泥地似乎蒙上一層薄霧。田尋看著矇矓的光線，反倒有了點睡意，迷迷糊糊的眼皮直打架。屋裡陽光越來越多，忽然田尋被開鐵門聲驚醒，有人大聲道：「點名！」

田尋連忙起身到氣窗處向外看，見管教正拿著鑰匙挨個開門把人往外放，抬腕見是八點整，鐵門開後他也隨著眾人往出口走，下樓後來到監區大廳，所有人排成方塊隊形，前面有人用擴音器唸眾人的編號。每唸到某人時，這人就舉一下右手以示存在。點到四四六二號時，田尋也舉手答應。

點名之後並不回到監室，而是穿過側門走廊來到一個大車間，裡面擺著很多長條木桌，桌上堆得小山似地全是印刷海報，另外還有很多雙面膠帶。有個管教告訴田尋如何將雙面膠帶往海報背面貼，每兩千張再綁成一捆，原來是進行勞動教養。

這工作並不複雜，純屬熟練工種，海報的內容也是經常換，有時遇到大美女的海報，很多人就偷偷藏起來幾張，留著回到監室後慢慢意淫。每人都有相同的定額，先幹完就可以提前回監室休息。下午兩點到兩點二十分是放風時間，所有人都排成隊，圍著大院慢慢蹓躂，對面遠遠的是女在押者，其中不乏年輕漂亮的，雖然隔著近兩百米，卻也有人在偷偷互相擠眼招手。

田尋年輕敏捷手又巧，沒到下午三點就都幹完了，他站起來活動一下發酸的腰背，在管教指引下出了車間回到自己監室。

晚上吃過飯後再點一次名，然後才回監室等待睡覺。田尋這屋裡什麼都沒有，不像其他人還有家屬給送來的書看，當然他也沒心思看書，基本上就是關了燈上床發呆，直到勉強睡著。

到了週五老威又來看他，還帶了一大堆罐頭、麵包等食物，田尋這才有機會把事情經過對他講了一遍，老威急得直蹦，可又幫不上什麼忙，問田尋需要什麼東西，他立刻出去買回來。田尋搖搖頭，只讓他每隔一周以借書為名到自己家看看父母是否健康，有時間順便再去趟經偵局，打聽打聽案件的調查情況。

就這樣一連過了十幾天，除了每週日改善伙食、週一晚上洗澡外，就是在車間黏雙面膠。說來也怪，林氏公司似乎忘了他的存在，也沒人來看他，也許公司是怕人笑話，所以特意隱瞞了實情。

田尋心急如焚，很想知道警方那邊到底有沒有消息。忽然這天接到經偵局通知，說在瀋陽全市撒網並未找到假冒唐曉靜的女人，很可能此人已遠逃外省無法尋找，因此缺乏關鍵的證據鏈來證明田尋與這人並無關係，同時林氏公司也表示準備在春節後，將田尋以團伙詐騙罪起訴至中級人民法院，起訴書已經遞交法院，春節後就開庭審理。

聽到這消息田尋大驚失色，真沒想到公司居然這麼狠心，這不是落井下石嗎？

次日又是週五，老威照例來看他，田尋一說情況，老威立刻花錢幫他找了個代理律師。

律師打電話給看守所和田尋通了話，並告訴他調查估計結果：像他這種涉案金額巨大的情況，很有可能被法院以團伙詐騙罪、或預謀經濟犯罪起訴，而且林氏公司態度很明確：必須在法律允許的最大範圍內給予重判，因此大約會被判八到十五年徒刑。

田尋如五雷轟頂，險些坐倒。他帶著哭腔問律師有沒有挽回的辦法，律師說他已經到林氏公司和古作鵬及總經理都談過話，林氏公司態度很強硬，堅持要對田尋重判，這樣一來事情就難辦多了。

田尋心神不定，那律師象徵性地勸他先別難過，會想盡一切辦法幫他。

第六天下午，老威、律師、林氏公司古經理和他們的律師都來了，大家齊聚會議室裡，古作鵬將由林氏集團瀋陽分公司總經理簽署的起訴書交給田尋，上面有經偵局蓋的印章，同意將此案移交給瀋陽市中級人民法院，並於三月二日開庭審理。

看到起訴書上寫著「該員工掌握金融職權，卻並未以身為表，反而徇私詐騙，本質惡劣，影響極壞。為懲前毖後，本公司決定從重起訴該員工，以儆傚尤」這段話，田尋氣得要死。他大怒，站起來把起訴書抓成一團扔向古作鵬，古作鵬的律師連忙撿起，操著南方口音說：「你這個人怎麼可以這樣？這是起訴書，又不是廢紙，怎麼能胡亂丟呢？」

田尋指著古作鵬的鼻子大聲道：「姓古的，你這是存心想給我製造冤案！」

古作鵬倒不動聲色，他慢悠悠地說：「冤不冤自有法院斷，你自己沒資格做評判！」

田尋猛跳起來，繞過桌子要去揪他衣領，被老威等人死死抱住，古作鵬站起來後退幾步說：「這人有點瘋了，我們也不用和他浪費時間，走吧，我們回公司！」說完和他的律師揚長而去。

田尋雙手抱頭癱倒在辦公桌邊，老威扶他起來說：「老田，你先別激動，總會有辦法的！」

那律師也說：「女騙子沒抓到，對方就沒什麼佐證可以斷定為團伙詐騙，到時候上庭我會盡力幫你開脫，最多也就是經濟犯罪、或詐騙而已，沒有幾年的。」

田尋忽然從椅中跳起來，揪著律師大叫道：「我是被人騙的，不是詐騙，你這個笨蛋律師！」這律師邊掙扎邊說：「田……田先生，你這種態度讓我很難幫你啊！」老威好不容易將兩人拉開，過了半天田尋才冷靜下來。

老威說：「老田，你先穩一穩，我盡量找人幫你疏通看。」

田尋流著淚問：「我家人還好嗎？」

老威道：「我每隔十天去你家一次，你家裡人都好，他們還以為你去外地出差，問為什麼打你手機總關機，我只能撒謊說你手機在外地被偷了，還沒來得及補卡。」

田尋拉著老威的手說：「謝謝，等過了這關我再報答你……」

老威歎了口氣：「現在就別說這話了！」

管教見時間差不多，就打斷了他們的談話，架著田尋回監室。

從此田尋萬念俱灰，每頓飯幾乎只吃幾口，貼雙面膠的速度也慢了許多，每天都要黏到很晚才收工，後來連管教都受不了，到八點就讓他回去，免得耽誤自己也睡不好覺。

這天下午在車間幹活，田尋向管教請假上衛生間，隨後那紋著蜘蛛的光頭和另

第七章　判刑

一人也起身請假去小解。在衛生間裡，田尋正在鏡子前洗手，他雙手捧了滿滿的涼水浸在臉上，讓皮膚感受到那刺痛般的冰冷，聽到有人進來也沒在意。

忽然一隻手在背後拍了他肩膀，回頭看卻是光頭，旁邊還站著個瘦高個，兩人似笑非笑地看著田尋。

田尋問：「幹什麼？」

光頭肩膀連聳笑了笑：「幹什麼？剛吃完午飯，該喝下午茶了！」

田尋知道他不懷好意，也不多廢話，用毛巾擦了把臉轉身就走，卻不想那光頭抬手就是一拳，砰地正擊在田尋鼻樑，頓時鮮血流出，田尋捂著鼻子後退幾步，那光頭不依不饒，追上去又是一拳，這傢伙膀大腰圓，但難免動作不靈活，田尋彎腰從他腋下鑽出來，右手在洗手池上一撐，奪路就跑，後面那瘦高個連忙上去阻攔。

先前田尋在參與新疆追阿迪里行動的途中，晚上睡不著覺時，經常和姜虎、史林聊天打發時間。兩人閒著無事就給他講一些臨敵制勝的招數，當然田尋沒有半點武術功底，因此只能大概聽個皮毛，在實戰中，很多招數完全用不上。

現在他瞥眼看到洗手池邊放著的濕毛巾，立時想起姜虎教他用毛巾當武器的招數，同時心中的憤怒也一齊撞上胸口，他來不及多想，抄起毛巾手腕一抖猛甩向那瘦高個臉部。

第八章　越獄

濕毛巾又沉又軟，尾部啪地打在瘦高個右眼眶上，就像車伕抽鞭子似的，抽得那瘦高個哇哇地大叫，捂著右眼連連往後退，田尋見一擊得手，再甩毛巾掄在他左太陽穴上，打出一道血痕。

趁瘦高個捂臉的工夫，田尋連忙朝大門跑去，後面那光頭卻已經來到他身邊，掄左拳正搗在田尋左肋，田尋疼得差點跪地上，肋骨似乎要斷，他不假思索，抬毛巾向後猛抽，正抽在光頭左眼上。光頭眼前金星亂冒，也不知道眼珠子是不是都給帶出來了，他氣得怪叫一聲，雙手去掐田尋脖子，田尋毛巾再往回掄，這下光頭有了防備，伸右臂纏住毛巾用力向裡一帶，這傢伙畢竟力大，田尋左手抓不住，鬆開毛巾，迅速抬左腿去踹光頭的肚子，光頭「嘿」地倒退兩步沒倒，田尋趁機向門外跑。

光頭和那瘦子邁步緊追，卻見兩名管教正好跑進來，把三人堵個正著。管教見田尋臉上鮮血直流，再看看後面的光頭和瘦子，心裡就知道了七、八分，其中一名管教大叫：「都給我蹲下！」三人不敢多說連忙蹲下雙手抱頭，一名管教揪起田尋出了衛生間，另一名管教掄警棍夾頭夾腦就開揍，打得光頭和瘦子抱頭直躲，雖然管教並未用多大勁，但也夠兩人疼上幾天的。

從那以後，光頭更是把田尋恨之入骨，但他也不傻，隱隱發現管教似乎對田尋略有優待，雖然不知道原因，卻也不敢再找機會下手。

轉眼到了元月下旬，再有不到十天就是春節。進入三九後，天氣也越來越冷，各監室探視的家屬也漸漸多了，親戚們都準備了很多食品和煙等往裡送。

這天，田尋忽然被管教帶到辦公室裡。一名管教遞給他一張紙說：「四四六二號，鑑於你在押這段時間內表現良好、遵規守紀，因此所裡決定從今天開始，調你到勞動監進行勞動，希望你好好改造，爭取寬大處理，快在調動報告上簽名吧！」

田尋沒弄懂意思，怎麼調到一個什麼勞動監幹活，聽管教的意思好像還佔了便宜似的？等簽完名跟管教到了後院才知道，這勞動監的確比在車間幹活有優勢。原來所謂的勞動監就是做一些活動範圍比較大的活，比如：餵豬澆菜、掃院擦窗、跟車裝貨之類的工作，這些活可以露天作業、自由活動，比死圈在囚室裡可強上百倍，可以說除了沒有工資，和正常人上班沒啥兩樣。

可這些對田尋來說毫無意義，此刻他覺得自己就是一個被醫生判了死刑的人，只不過早幾天晚幾天死而已。

最近勞動監的工作地點在後院東南角倉庫裡，先把車間運來成捆海報裝進硬瓦楞紙箱中封上膠條，再用手推車裝到運貨卡車後車廂中碼齊。這活其實並不輕鬆，紙看上去很薄，其實卻是最沉的，每個裝滿海報的大瓦楞紙箱都有四百多斤，必須兩個人同時扳動紙箱，抬起一角才能推上小輪車運走，來回很累不說，裝箱時還經常被鋒利的紙邊割破手掌。

同田尋一起幹這活的還有第三監區的兩個人，都是三、四十歲的中年男子，從聊天中得知他們倆一個精於偷、一個擅長騙，也是看守所的常客。這兩人都是老油條，平時幹活會偷巧懶，看上去忙得熱火朝天，其實並沒出什麼大力，反倒是田尋這種實惠貨經常累得精疲力竭。這幾天氣溫本來就低，倉庫裡更是又陰又冷，三人都穿著笨重的軍大衣、戴著勞保手套幹活，可還是凍得雙腳發麻。

田尋像行屍走肉似地幹了四、五天活，有時碰上活多，三人還得加班幹到晚上九、十點鐘，管教怕出意外，一般情況下都得在活全幹完後，送三人回各自監室才能休息，可時間一長，見這三人都很老實，就漸漸放鬆警戒，有時見工作量大要開夜車，管教就提前回去休息，三人也沒人看著，收完工就直接回監室找值班管教開門睡覺，雖然沒有人看管，但院子裡四角都有崗亭，探照燈來回在院子水泥地面上晃，只要田尋他們稍微走遠一點，光柱就跟著照個沒完，可謂插翅難飛。

這天收完工又是九點多，大院裡靜悄悄的，一片清冷。三人拖著疲憊的身體往回走，今晚特別冷，口中呼出的濃白哈氣就像破洞的熱水管。

那四十多歲的慣偷罵道：「這勞動監還是他媽熱門呢，整天累得要死，又凍又餓，下回打死也不申請上這來了，操他大爺的！」

那三十來歲的慣騙也跟著說：「就是！我這腰都快累斷了，明天就申請調回去！」

然後他又問旁邊垂著頭走著的田尋：「哎，我說小子，你不累是怎麼的？咋不說話啊？」

那慣偷一擺手：「得，你別問他了，這小子可能上輩子是說相聲出身，話說得太多了，一天到晚也說不上四句話，問他等於白問！」

慣騙說：「唉，剛來這種地方也沒心思說話不是？這都快過年了，我們還蹲號子呢，真丟人！我都想跑出去算了！」

慣偷伸手指一噓：「你小聲點，讓管教聽見有你受的！」

慣騙笑了：「我也就是說說，哪有那膽子！」

說者無心，聽者有意，田尋表面不動聲色，心中卻是忽然一動，有個主意在心裡萌發出來。

晚上躺在床上，藉著高窗外那清冷的月光，田尋開始在心裡仔細盤算行動計畫。

第二天繼續到倉庫裝箱。倉庫北角有個雜物間，裡面有一架地磅秤，田尋趁那兩人推車出去裝貨的機會，用最快速度抱了一捆海報來到雜物間，在磅秤上稱了這捆海報的重量，不到十公斤，然後再自己上磅秤稱了稱，發現居然只有五十五公斤！他清楚記得進看守所之前有一次在浴池洗澡，那時量過體重是七十公斤整，在看守所這不到一個月時間裡就瘦了三十斤！

田尋回到倉庫繼續裝貨，心想這世界上最有效的減肥方法就是進看守所，保證比任何藥品都靈。

他邊裝箱、邊在心裡計算：箱子是訂做的，高度可摞四層，每層放六捆海報，每層海報之間再用方形薄木板隔開。也就是說，每層的重量是五十六公斤左右，紙箱裝滿貨後的總重量則約為二百四十公斤。而自己的體重是五十五公斤，剛好是一層海報的重量。

再看每捆海報的高度，約有六十公分高，和普通人的肩部寬度相同。田尋暗暗點頭，心裡有了眉目，現在是只待時機出現。

這天，田尋早上吃過飯後，剛要和管教去倉庫幹活，卻被告知先到前大廳集合，說是有電台來採訪。田尋到大廳看到很多在押人員都在廳裡整齊地坐著，前面果真有一個年輕漂亮的女記者正拿著稿子背詞，這女記者穿著紅色的緊身薄毛衫，身材豐滿性感，看得那些在押男犯眼睛發直、互相竊笑。

管教對田尋說：「快過年了，電視台來看守所要採訪一下在押人員的生活情況，待會如果要是問到你，你就說在這裡很好。記住：不要亂講話，否則後果自負！」說完，就讓田尋坐到人群中去。

田尋一百個不願意有人採訪，生怕自己會出現在電視屏幕上被熟人看到，於是故意到後排的一張椅子坐下。

只聽那女記者開腔道：「觀眾朋友們大家好，我是遼寧電視台《生活之聲》節目主持人璐璐，今天我們來到了瀋陽看守所，特地瞭解一下這裡在押人員的生活情況，快過年了，他們過得怎麼樣？現在讓我來採訪一些在押人員。」

然後那女記者就開始隨機挑了幾個人問話，那幾人都在這裡關了一年多也沒定案，已有很久沒見過女人，面對這麼年輕漂亮的女記者，嘴都結巴了，旁邊人都捂著嘴不住地笑。

這女記者也多事，邁著輕盈的步子在人群中蹓躂，一直走到後面，田尋坐在靠外的位置，他見這女記者離他越來越近，身後攝像師拎著電線邁著碎步跟拍，便低下頭以免上鏡，心裡暗道：千萬別採訪我，千萬別……。

正想著，聽一個很近的清脆女聲說：「你好，我能問一下你的名字嗎？」

田尋抬頭見這女記者就站在自己面前，手裡的話筒直伸到田尋鼻子尖下，他汗都下來了，下意識扭過頭去不看。

女記者很意外，以為這人只是害羞，又笑容可掬地問：「你好，我是電視台的記者，我只想問問你在這裡生活得還習慣嗎？喜歡這裡嗎？」

田尋氣得直想揍她，哪有人喜歡在看守所裡待著？他把頭藏得很低，完全不讓攝像鏡頭拍到他的臉。

女記者有點尷尬，旁邊的管教心知肚明，連忙上前說：「記者同志不好意思，這人是個啞巴、不會說話，妳還是換個人吧！」

女記者哦了聲，對田尋說聲對不起，開始找別人採訪。

節目一結束，大家都站起來談笑議論，田尋則像做賊似地趕快離開大廳回監室去，心裡還在猜測剛才記者和自己說話那段，電視台是否會刪掉。

又是幾天過去，這天海報很多，估計又得幹到晚上十點左右，八點鐘剛過，管教對三人教訓一通後就先回去休息了，田尋見管教離開，就開始注意機會。

這三人的工作方法是兩人一組、穿插合作，也就是說田尋和甲共裝一箱，下次就是甲和乙共裝，第三次是田尋和乙共裝，依此類推，公平合理。快到十點的時候，田尋把剩下的海報每二十四捆分成一組，還有五組零四捆，也就是說，還夠裝最後五箱的。

該輪到田尋和慣騙共裝一箱了，慣騙剛要動手，田尋忽然捂著小腹說：「這泡尿快把我憋死了，王哥、李哥你們先裝這箱，我去一下，再不尿就死了！」說完，就跑到倉庫角落假裝撒尿。

兩人嘴裡小聲罵田尋偷懶，但也沒多想什麼，那慣騙還轉頭大聲打趣道：「小心點尿，天冷，別尿到半截再給凍住了！」說完，兩人共同搬了一箱海報，塞上小推車去裝貨了。

兩人走遠後，田尋立刻跑到倉庫西角，那裡有很多尚未組裝的紙箱，他抄了一根訂箱釘藏在袖子裡。

這樣一來，工作輪次的順序就變了，倒數第二箱還是由慣偷和慣騙動手，兩人推著小輪車離開倉庫往卡車處運，同時田尋已經往最後一箱裡堆了兩層海報，並偷偷將箱子挪到鐵架旁邊，再用指甲在瓦楞箱四面內壁上六十公分高度處劃了印記。眼見兩人漸漸遠去，他心中暗叫一聲：機會來了！

卡車離倉庫大門有幾十米遠，兩人得一分多鐘才能折回來，田尋心怦怦狂跳，先將薄木板架在鐵架上，用最快速度在木板上放了六捆海報，然後再把剩下的六捆海報推到鐵架後面藏起來，最後踩著鐵架跳進瓦楞箱裡側身蜷縮躺好，伸手將旁邊的薄木板拽到自己身上，分別用肩膀、小腿側面和兩手頂住四角，盡量把木板的高度保持在印記處。

剛做完這一切，就聽兩人邊說話、邊走回來，那慣偷見倉庫裡沒了人，只有最後一箱海報碼得整齊，就差封箱了。慣騙在倉庫裡喊了幾聲：「喂，喂，又他媽尿尿去了？你小子是不是前列腺有毛病？快回來裝箱！」

好幾分鐘也沒見人回來，慣偷說：「操他媽的，這小子肯定是偷懶先回監室了，最後一箱還得咱倆運！」

慣騙也罵道：「喲呵，沒看出來這小子一腳踢不出個扁屁，還真有點壞心眼呢！媽的，跟老子玩這手？看明天咱倆怎麼收拾他！」

兩人邊罵罵咧咧，邊壓好箱蓋用膠帶封住，搬起一角將紙箱塞上小輪車，推著出了倉庫。田尋蜷身躺在箱子裡，大氣也不敢出一口，雖然天氣非常冷，可他卻緊張得順頭流汗。

兩人推著小輪車來到大貨車後廂開始裝。裝完貨後慣偷拍了拍卡車前駕駛室車門，示意司機可以走了，隨後兩人也穿過後院，回監室去睡覺了。

卡車慢慢啟動開向看守所後院大門，探照燈晃了幾晃，電動大鐵門緩緩開啟，因為每次裝貨完畢時，都有管教清點人數後卡車才能離開，門衛哪知道管教頭兩個小時前就回去休息了，於是卡車很順利地被放行。

田尋躲在紙箱裡很快就開始呼吸困難，他盡量減少呼吸次數，免得氧氣消耗太快，腦門汗珠開始流出。耳中聽得大鐵門沉重的關閉聲，就知道卡車已經出了看守所，正順著大道行駛，田尋早打聽到這卡車把海報運往瀋陽經濟開發區一家方便麵廠，距此不到六十公里。

他從袖子裡摸出那根鋒利的訂箱釘，慢慢在箱壁上鑽了個小洞，紙箱雖然結實，但畢竟是瓦楞做的，冷空氣鑽進來令田尋精神一振，就這麼點空氣，田尋就再也不覺得憋悶了。

一個小時後卡車開始減速，隨後又聽到鐵門開啟和拉卷閘門聲，然後卡車停下後廂打開，夾雜著人的說話聲，有人將紙箱搬出卡車，估計也是堆放在倉庫中。

半小時後卷閘門降下，然後人聲漸遠，最後四周安靜下來，寂靜無聲。

田尋知道倉庫已經無人，用力掰開紙箱裂口鑽出來，四週一片漆黑，什麼也看不見，十分鐘後，眼睛適應了黑暗環境，見這裡果然是個小型倉庫，堆得滿滿當當全是各種規格的紙箱和木箱。

除了卷閘門外，兩側有幾扇玻璃窗，所幸窗戶並沒有安裝護欄，否則就得困裡頭。田尋踩著紙箱扭開一扇窗打開，見窗子距地面約有六米高，外面是個廠院，院子裡黑沉沉的，除了不時刮過的冷風外，半個人影也沒有。

他又跳下來找到兩大捆打包用的玻璃絲繩子，數股並用結了一根結實的長繩，將一端牢牢綁在窗戶支架上，然後縋著繩子慢慢下到地面。

第八章　越獄

院子不算太大，倉庫西面還有一座舊式的四層樓，也不知是工廠、還是辦公室，院左面停著幾輛大型廂式貨車和堆高機。天氣非常冷，現在又是深夜，寒露加上冷氣更凍得田尋渾身打顫，他緊了緊身上的軍大衣，貓著腰在院子裡來回轉了一圈，發現廠院有正門和後門，正門緊挨著收發室，窗戶亮著燈光，看來守夜的還沒睡。

田尋抬腕看看錶，十一點二十分，將近午夜。他悄悄摸到後門，後門是一扇對開的小鐵門，門上著鐵鎖鏈。田尋見靠牆堆了一些高高低低的木箱，於是爬到箱頂站在牆頭，這牆有三米左右，不算太高，田尋輕輕躍下，雙手在地面順勢一撐卸掉下墜的衝勁。

這廠院靠近一大片枯黃的草地，抬眼望去四周都是一座座廠房，建築之間用綠化帶隔開，偶爾有幾輛亮著頂燈的出租車在路上駛過。

田尋心裡很清楚，他逃出看守所的事最快在兩個小時內就會被發現，因為他那個監室所在的樓層管教最晚十二點肯定要出來查看，所以當務之急是用最快速度遠離這家方便麵廠所在的區域，而且還要盡量小心夜間的警察巡邏車。

第九章　草木皆兵

自從進了看守所，田尋有一個多月沒回家，當然家人也不知道田尋最近遇到的事，還以為他出差去了外地，他看到一輛打著大燈的出租車經過身邊時慢慢減速，估計是司機以為他在等車。其實田尋身上連半毛錢都沒有，他心想可以先乘車到家然後再上樓取錢，但又立刻打消念頭，因為他逃出看守所的事早晚會被人發現，如果讓警方得知自己和家人碰過面，就會懷疑他父母有包庇嫌疑，所以盡量不能回家。

他轉回身拐到另一條路上，那出租車自顧開走了，田尋找了個偏僻地方把軍大衣裡面的在押服脫掉，扔進垃圾箱。思來想去，值得相信的也只有老威了，雖然事後警方也有可能去調查他，但現在被逼得走投無路，也只能冒一冒險，這傢伙是單身獨居，不太容易被人發現。

瀋陽經濟開發區地處東陵區，離中街很遠，光憑走路不行，田尋只好攔下一輛出租車坐到後排，告訴司機到廣宜街路口太清宮，之所以選擇這地點，一是離老威家很近，二是小胡同多。

在車上田尋怕司機和他聊天，於是把軍大衣的毛領豎起來擋住半邊臉，腦袋靠在車窗上閉目裝睡。半小時後到了地方，司機打開車廂內燈，說：「到了，三十二塊。」田尋假裝迷迷糊糊地剛睡醒，拉開車門就下車。

司機一怔，以為他睡傻了，連忙推門出來大聲說：「喂，哥們，還沒給錢呢，三十二塊！」

田尋也不回答，自顧朝太清宮南面漆黑的小胡同裡走，那司機快步繞過車頭，忽然田尋撒腿就跑，司機大驚，抬腿剛追幾步，卻又折回去。因為他見田尋穿一件破舊的軍大衣，形跡不善，現在又是年底，說不定是個等錢過年的傢伙欲行不軌，自己追上去不是遭搶、就是後面有同夥偷車，這種低級錯誤可不能犯，於是那司機連忙鑽回車裡，一腳油門狂奔而逃。

田尋聽到身後那輛出租車急駛而去，心裡暗笑，隨後又有一絲酸楚，沒想到自己居然淪落到這地步，不過非常時期也可以原諒，他快步穿過馬路朝老威家方向跑去。

老威就住在這片樓群裡，田尋找到門口，摸黑上到頂樓。先從門縫向裡看，屋裡隱隱透出燈光，看來老威還沒睡，於是伸手按門鈴，就聽裡面似乎有響動，半天才有人問道：「是誰啊？」

田尋左右看看，低聲道：「是我，快開門！」

裡面人提高聲音：「誰？你是誰？」

田尋盡量壓低了聲：「是我，田尋！」

防盜門慢慢開了條縫，仍有門鏈連著，藉著廳裡的燈光，老威湊過半張臉從門縫裡向外張望，見是田尋，頓時大驚失色：「怎麼是你？你……」

田尋連連搖手示意他別說話，老威連忙打開門，田尋閃身進入，立刻將門帶上，屋裡瀰漫著一股刺鼻的香水味。

老威問：「老田，真是你？你……你怎麼出來了？」

田尋問：「你家裡有別人嗎？」

老威略一遲疑：「啊，有……我女朋友在屋裡。」

田尋這才看到旁邊鞋架上有一雙超長筒的漆皮女靴，靴跟足有十公分，又細又高像釘子似的，便問：「是女朋友，還是從髮廊找的小姐？」

老威臉一紅，不好意思地說：「還是你瞭解我。對了，我說你到底是怎麼出來的……」

田尋一擺手：「先給我拿點錢，再借我一套舊衣服和舊褲子，明天我再給你打電話細談，快！」

老威滿肚子疑惑，但見田尋的神態也不敢多問，連忙回屋取了錢和衣服出來：「現在我只有一千多塊現金，夠用嗎？」

田尋抽了三百元：「這就夠了。老威，我知道來找你很冒險，警察可能也會找你問話，希望你別把今晚的事對任何人說，要是有人問起，你就說有人敲錯門了。」說完，接過衣服轉頭就走，老威剛要再問，田尋已經沒了影。

田尋下了樓，在樓群角落裡脫掉軍大衣，換上老威給的褲子和羽絨服，再把軍大衣扔進垃圾箱，他知道這大衣很快就會被拾荒者撿走。隨後乘出租車來到皇姑區三檯子街，在一片老式居民樓裡找了一家小旅店住下，這一帶都是解放初期遺留下來的舊式老樓，最高不超過五層，在這裡居住的大多是中低收入者。而且旅店老闆根本不問顧客身份，也不看身份證，付得起店錢就行。

地點雖然不繁華，但麻雀小五臟全，附近商店、飯店、小賣店還不少，旅店的客房雖然十分簡陋，但還算溫暖。田尋鎖好門，脫了外衣，努力平復自己慌亂緊繃的神經，泡了碗方便麵，邊吃邊坐在床上思考發生的這些事，他將逃脫的全部過程在腦子裡放映了一遍，心想如果他是警方會如何處理，首先當管教發現自己沒有按時回監室，就會找慣偷和慣騙一起去倉庫調查，然後就會發現自己藏在鐵架後面的那六捆海報，再來就是趕到方便麵廠倉庫尋找，找到被割壞的箱子和窗戶上的玻璃繩。

下面的事情就很好預料了，警方派人開始在附近調查，重點應該是經濟開發區和中街這兩個地方，尤其是自己的家，就是不知道會不會找上老威。

第二天，田尋在旁邊的小商店裡買了點吃的，貓在屋裡一直考慮事情，直到黃昏時分才敢出門，他先買了張ＩＣ電話卡，走出幾條街用ＩＣ電話打給老威簡單說了一下情況，回來時看到一輛一一〇巡邏車經過，他嚇得魂飛魄散，忍不住扭頭就想溜，可那巡邏車早駛過身邊，向大道開去了，看來做賊心虛這話是半點也不假。

半個多小時後，老威按田尋說的地址趕來了。

田尋首先問：「警察找過你嗎？」

老威搖搖頭：「沒有，你放心吧，昨晚那個小姐什麼都沒問，她只對錢感興趣，還尋思是警察找她呢，嚇得半死，後來大罵了我一頓，多收我五十塊錢驚嚇費，媽的。」

田尋將他從看守所逃出的經過仔細講述一遍，直聽得老威咋舌不已，他說：「老田，你膽子也太大了，這麼幹要是被抓到就得加重判了！」

田尋抱著頭歎口氣：「我沒有別的選擇，我不想為了一個假唐曉靜去蹲幾年大獄，更不想讓父母認為他們的兒子是個詐騙犯！」

老威問：「那你想怎麼辦？要到哪兒去？」

田尋道：「逃只是一時的，我要找到那個假唐曉靜，親手抓到她，洗清我的罪名！」

老威苦笑一聲：「老田啊老田，你真糊塗，是不是美國警匪電影看多了？連警察都找不到她，你憑什麼找？再說你現在自身難保，萬一在哪兒被人認出來可就糟了！」

「你說得對，我也很清楚。」田尋拿起礦泉水喝了口，「但我真的別無選擇，而且我有種感覺，這件事似乎沒那麼簡單，我要找到那個假唐曉靜才有答案。」

老威問：「那你有什麼打算？」

田尋站在窗邊，透過窗簾的縫隙向外張望：「現在還不知道，我準備先躲一段時間，等過了這陣風頭再說。又不是什麼刑事案，我想警方也不會下太大力氣來抓我。」

老威無奈，說道：「那我能幫上你什麼？」

田尋抓著老威的手說：「老威，自從我出了這事，你沒少幫我忙，我都不知道該說什麼，但現在我還真就只能相信你了。你先借給我兩萬塊錢，我想辦法多方打聽，找到那個女騙子！」

聽了這話，老威沉吟不語。田尋說：「我知道兩萬塊不是小數，如果不是我有大難，也絕不會向你張口，但要是你也有難處，那就算了，我想先向你暫借幾千塊錢，以後如果我度過這一關，會全力報答你的。」

老威沒回答，從懷裡取出一個信封說：「這三千塊你先拿著，你也知道，我的全部家底都買了那件光緒年的景泰藍銅瓶，手頭也不是特別寬裕，頭陣子給你請律師也花了幾千，實在有點困難。」

「能幫我再多借一些嗎？」田尋急切地問。

老威說：「你也知道我一個外地人，在瀋陽也沒啥親戚，借錢很難啊，唉！」

看著老威為難的表情，田尋點點頭，慢慢接過信封。他很清楚自己和老威非親非故，又沒有什麼生死交情，老威能做到這點已經很不錯了，可能還是看在以前自己借過他三萬塊錢的分上。

田尋說：「老威，這段日子為了幫我你沒少花錢，到時候我一定會還你的。」

老威嘿嘿笑了：「沒事，以後再給吧。」又聊了一會兒，老威說店裡有事忙不開，起身離開小旅店回家去了。田尋在附近的手機店花四百元買了一部大屏幕山寨手機、一張無需登記機主資料的神州行手機卡，將號碼通知老威，有事單線聯繫。

在街邊，田尋看到三個乞丐在討錢，一男兩女，男的二十左右，女的都在十六、七歲上下，三人均蓬頭垢面，穿著單薄的衣服坐在地上，呆呆地看著面前的三個破鋁飯盒，飯盒裡裝著滿滿的硬幣和紙鈔，但三人仍然愁眉苦臉，似乎有天大的委屈。

田尋心中一酸，他小時候家裡也很窮，現在家中保存的老相簿裡，還有媽媽抱著僅三、四歲大的自己在胡同口的黑白照片，照片上的田尋和媽媽穿著破舊的棉襖，但母子倆卻都開心地笑著。

他掏出十元錢扔在那女孩面前的破飯盒裡，頭也不回地走了。

一轉眼五天過去，老威也沒打電話給他，田尋知道求人不如求己，也就不再抱有希望。這附近雖然偏僻，但街上也有不少小商小販，近些天路邊擺攤賣對聯和福字的小販越來越多，但田尋無心顧及，他做賊心虛，每天都換不同的旅店住宿，幸好這附近小旅店比公共廁所還多，而且也很隱蔽。田尋白天就躲在一家沒有執照的黑網吧裡查找資料，晚上則努力回憶在公司裡和那個假唐曉靜交往的一點一滴，從談話到約會，希望能在記憶裡找到什麼線索。

這天晚上田尋到附近一家小飯店吃麵條，正埋頭吞麵，忽聽有人大聲說道：「老闆，咋又給我上雪花？我只喝青島啤酒，你們不知道啊？」

田尋抬頭看了一眼，忽然愣住了，這說話的不是前幾天乞討要飯三人組中的男乞丐嗎？

只見這小子仍然穿著破舊不堪的棉襖，臉上卻全然沒了愁苦，滿面紅光。他身邊還坐著那兩個女孩，桌上滿滿當當擺著六、七個菜，還放著四瓶雪花啤酒。店老闆連忙賠著笑快步走來，手裡提著四瓶青島啤酒：「不好意思啊，新來的夥計不認識老主顧，我這就給你換。」

小乞丐撇著嘴，很不滿意地倒了一杯啤酒乾掉，然後抄起筷子熟練地在桌子上墩了墩，開始大口吃起焦溜肥腸。店老闆笑著搭訕問道：「小哥，今天生意咋樣啊？」

小乞丐邊吃邊說：「沒意思，才收了五百塊錢，他媽的，快過年了，給錢的人也少了！」

田尋傻了，敢情這幾個乞丐生活比自己還好！

第六天傍晚，老威忽然打電話給田尋說有事要找他，田尋問什麼事情，老威卻吞吞吐吐地不說，只說見面再談。

田尋頓時起了疑：老威找自己能有什麼事？除了律師那邊，就是借錢的事，借錢不太可能，因為老威的確借不來，律師那邊有進展也不用支支吾吾，完全可以直說，難道……老威向警方告了密？

田尋驚出一身冷汗，這可不是鬧著玩的。他對老威說自己換了一家旅店，要他到某某街十字路口見面。

那條路口就在田尋旅店房間的斜對面一百多米處，如果想到那裡就必須路過這家旅店，要是老威帶了別人遠遠跟來，田尋在視線範圍內完全可以看到。

半個多小時後，一輛出租車在那十字路口停下，老威從車上走下，拎著一只黑色皮包，站在路口左右張望。田尋仔細查看路兩旁一百米以內，並沒看到有值得懷疑的人，他出了房間來到西側走廊，從窗戶向南街看去，整條街很僻靜，偶爾有幾個行人騎自行車路過，看來真沒人和老威同行。

過了近十分鐘，田尋確定沒有危險，他定了定神，給老威打手機指揮他來到自己租住的旅店。

進到房間後，老威拉開皮包取出兩沓百元鈔票交給田尋，田尋驚問：「哪來的錢？」

老威說：「當然是我自己的錢，難道還能偷的？」

田尋道：「你手裡的錢都壓在那只景泰藍銅瓶上了啊，借的？」

老威點了根煙，道：「沒借，前天我把那瓶子賣了。」

「什麼？賣……賣了多少錢？」

老威回答：「十六萬。」

田尋急了：「怎麼能賠錢賣掉？」

老威哼了聲：「有啥辦法？我手頭沒有餘錢，也不好借，只有賣瓶子了，你也知道現在股市越來越火，收藏市場就一天比一天走低，能賣到十六萬就不錯了。」

田尋低頭不語。

老威說：「我這人信命，也知道有恩必報，其實要不是你當初借我那三萬塊，我連這十幾萬也賺不到，別說賣只瓶子，就是賣血我也得幫你，你說是不？」

田尋眼睛濕潤，緊緊握著老威的手說不出話。

老威又說：「對了，昨天我到你家借書，你老媽挺著急的，說打你電話總關機，眼看就過年了怎麼還不回來，我說你出差去了江西，那邊環境差，全是山區，手機沒信號，可能要過完年才回家。」

田尋長歎口氣，不知道該說什麼。

老威最後道：「我得先回去了，有個河北易縣的朋友說有幾件玉器想出手，我明天過去看看，今晚得收拾幾件衣服，這兩萬塊錢你收好，自己看著安排，有事再給我打電話。」

送走老威後，田尋恨不得抽自己幾個耳光，為剛才懷疑老威報警的念頭感到很羞愧。俗話說：「患難見真情。」自己和老威以前交情一般，而現在人家卻能冒著包庇罪的風險幫自己湊錢，實在令人感慨。

他試著穩下心來，現在要做的事，就只有全力找到假唐曉靜。

一連幾天過去，田尋見並沒有警察前來搜查，估計春節時期警方也鬆勁了，一年忙到頭累得夠嗆，誰還不歇歇腳呢？心裡繃著的神經就稍稍放鬆了些，也就不再每天換旅店住。再摸摸衣兜裡，老威給的錢還有一萬多，他想出去買點吃的回來喝兩瓶啤酒，可又想自己的麻煩事還沒完，居然還有心喝酒？

這天晚上十點多，他正在床上想事，忽然手機收到一條運營商的群發短信：

二七二八把麵發，
財神就快到我家。
過了兩天是除夕，
吃魚吃肉還吃雞。
除夕夜要包餃子，
明年多多賺票子！

看到這短信，田尋才知道今天已經是臘月二十八，再有兩天就是除夕了，怪不得這幾天附近街上商店的生意越來越熱鬧，只有旅店除外，快過年了，很多人都回家過年，沒幾個住店的。以前這個時候，田尋早就開始緊鑼密鼓地去附近超市採辦年貨了，一想到超市，田尋不由得記起當年在超市裡巧遇趙依凡的情形，依凡那成熟美麗的形象立刻浮現眼前，就像照片似的，一張接一張……。

突然田尋想起假唐曉靜以前給田尋發過幾張性感內衣照，背景似乎是她房間，有床、有窗簾，還有一張電腦桌等等擺設，他連忙從床上彈起到旅店外，去那家黑網吧上網，網吧裡很多人在打遊戲聊天，應該是過年沒有回家打算的人。

第十章　超市追逐

田尋進入郵箱找到了照片，當時他順手把這些照片存到郵箱裡，幸好沒刪除。先把照片都下載到本地硬盤裡，再用ACD軟體一張一張地仔細看，除了那些沒有背景的大特寫刪掉之外，剩下有明顯背景的逐個細看。

這些照片應該都是在一個房間拍的，將各個角度的背景拼在一起，可以確定的東西有：一張鋪著粉紅KITTY貓床單的單人床、一個簡易拉鍊帆布衣櫃、拉得嚴嚴實實的淺粉色窗簾、一張深色木桌，上面放著一部HP筆記本電腦。

電腦邊堆了一些零食和飲料，床邊地板上堆著幾個鞋盒和裝衣服的紙袋，牆上掛著幾件衣服，整體看上去中規中矩，不算太亂，但也不十分整潔。

仔細研究了半天，看得田尋兩眼發花，也沒找出什麼太有價值的線索，他伸個懶腰，看見左邊幾個二十出頭的小子正在聯網打網路遊戲，聽口音應該是安徽一帶的人，再看右邊是個年輕女孩，圓臉膚白，身上肉嘟嘟的，臉上泛著紅暈，正跟網友聊得熱乎。

第十章　超市追逐

田尋覺得索然無味，於是取出手機裡的內存卡插上讀卡器接到電腦主機，將那些照片都下載到內存卡中，回到旅店內。

此時已是半夜，旅店老闆正在自己屋裡洗腳、看電視，這店老闆是山西人，一個四十來歲的光棍漢，常年在瀋陽開旅店為生，過年也不回山西老家。快過年了，整個旅店早就沒了住客，往年這時候店老闆就一個人無聊得要死，今年可幸碰到田尋在店裡住到今天，顯得還挺高興，這傢伙搞了幾樣熟食下酒菜，半瓶燒酒，邀田尋一塊喝酒、看電視，田尋正愁無處解憂，也就沒客氣，和店老闆邊喝邊聊。店老闆問田尋過年怎麼不回家，田尋推說自己是撫順人，過年沒賺到錢，所以不好意思回家，明年再說。

這店老闆喝的是從老家帶來的杏花村老汾酒，酒精濃度不低，兩人直喝到後半夜，田尋實在睏得不行，才上樓回屋睡覺。躺在床上卻又睡不著了，腦袋暈頭轉向，連灌了四大杯白開水稀釋酒精，才感覺好點。

他在想：這個時候父母肯定也在辦年貨了，他們還以為我在江西出差，絕對不會想到他們的兒子是以詐騙罪被抓進看守所，而且還逃跑了。有我這樣的兒子也真夠丟人，所以說什麼也不能告訴他們事實。

快過年了，警察們也都在準備過年，估計也不會有人這時候還努力追查這事，於是田尋準備隔天到市區內大型超市買點吃的，就算在這個旅店裡過年吧！找唐曉靜的事等過了年再辦。

第二天是臘月二十九，下午三點田尋出旅店準備去買東西，店老闆特意囑咐他帶幾斤羊肉片回來涮火鍋，他這裡廚房用具一應俱全，回來後兩人可以大吃一頓。田尋乘公交車來到北陵公園附近的一家大型超市，想買點吃、喝帶回旅店去過年。街邊全是賣對聯福字、水果禮盒的商店和地攤，進了超市，就更感受到那種火熱的、中國式的過年氣氛，喇叭裡放著喜慶的流行歌曲，各種商品琳琅滿目擺滿超市，火紅的標籤一個挨一個，力爭在春節這銷售的黃金時期多賣點出去。

上了二樓，這裡更是顧客如織、熱鬧非凡。他在食品專櫃挑了幾個醬豬蹄、一隻燒雞、四斤羔羊肉片、幾斤醬脊骨，又弄了五香雞爪、麻辣鴨舌、哈爾濱臘腸和韓式拌菜等一大堆吃的，最後又挑了兩套貼身衣褲，直到兩手幾乎要拎不動，這才準備回去。

經過電器專櫃時，發現這裡很多人在看熱鬧，過去一瞧，原來是正在展出索尼公司最新研製成功的全球第一台八十吋超薄液晶平板電視，兩旁還擺著幾十部三十幾吋的小電視，所有電視都放著同樣的節目。這台超大電視色彩極正，就像在電影院看電影，價格也是毫無人性的二十萬零八千八百八十元。圍觀者大都在嘖嘖讚歎，可就是沒人敢打買的念頭。

電視裡正放著《瀋陽新聞》節目，開始報的都是一些關於春節期間老百姓準備年貨的新聞，忽聽主持人播道：

「下面插播一批最新的瀋陽市公安局網路緝逃人員名單：張春林，男，四十二歲，無業，二〇〇七年八月因故意殺人後潛逃，現為網路A級緝逃人員……」

田尋看到這個有點敏感，聽旁邊一對情侶中的男人說：「大過年的播這個有啥用？不是給老百姓心裡添麻煩嗎？」

那女人道：「越是過年越不能放鬆，這幫人想錢都想瘋了，專門在過年的時候搶錢逃跑。」

忽然聽主持人又播道：

「田尋，男，三十一歲，原林氏集團瀋陽分公司出版部編輯，二〇〇八年九月至十二月間夥同他人詐騙公款共計三十萬元，於半月前從瀋陽市看守所逃脫，至今在逃，現為網路B級緝逃人員……」

隨著女主持人的播報，畫面上又打出了田尋的脫帽照片，彩色頭像幾乎填滿了那台八十吋索尼電視，連田尋右臉上那顆小小的暗痣都看得清清楚楚，看來這電視的性能還真不是吹出來的。

主持人繼續說：

「希望以上在逃人員如看到本節目後，立即到最近的派出所、或公安機關投案自首，以爭取寬大處理。如有掌握線索者請撥打各地派出所電話舉報，警方將給予現金獎勵。」

田尋直聽得頭髮直立、渾身發顫，他縮著腦袋左右掃了幾眼，幸好沒人注意，於是他慢慢向後移步，準備閃出人堆離開。

就在這時，右前方有個少婦懷裡抱著一個三、四歲大的女孩，那小女孩一雙眼睛骨碌亂轉，一看就是個小人精，這小女孩來回掃視就看見了田尋，她眼睛一亮，立刻張著小手，笑著對那少婦說道：「媽媽妳快看，妳快看呀，那個大哥哥和電視裡的人一模一樣！」

那少婦衣著時尚講究，身材性感白嫩，她打了小女孩手背一下，笑罵道：「小丫頭胡說啥！」

第十章　超市追逐

少婦側頭看了田尋一眼，剛要張嘴道歉、卻又停住，轉頭看看電視畫面，臉上的笑容慢慢凝固，盯著田尋看個不停。

田尋不敢再猶豫，轉身鑽出人群往外走。那少婦伸手指著田尋的背影尖聲道：「剛才那小伙就……就是電視上這個人！」

人群嘩然，開始騷動起來。正巧旁邊有一名超市保安在旁蹓躂巡邏，湊過來一問，臉上也變了色，馬上操起對講機向同伴報信，隨後緊跟了上去。

田尋從賣ＭＰ３的櫃檯繞過兩個彎，快步向電動扶梯走去，那名保安剛上班一個多月，還沒轉為正式員工，這下可把他給激動得夠嗆，急於抓住田尋好立大功，便死死盯著田尋緊追。田尋回頭見那保安直奔過來，連忙改變方向朝運動器材商品區域跑，保安飛速追趕，田尋雙手拎著東西從一大排碼得整整齊齊的新自行車旁邊跑過，見那保安追得緊，便抬腳用力去踢那堆自行車，這些自行車互相穿插著擺放，頓時像多米諾骨牌似地連鎖傾倒，稀里嘩啦亂響之後，窄小通道被堵得嚴嚴實實。

那保安見面前倒了一地自行車，想收腿可跑得太快收不住，沒辦法只得順勢一跳，下落時雙腿插在輪胎車輻條裡，別得死死的，掙扎了半天卻越急越拔不出來，這時又有兩同事聞訊而來，那保安急得大叫：「朝體育用品那邊去了，快追！」

兩保安應了聲飛身追去，田尋拎著滿滿兩大塑料袋東西實在跑不快，沒辦法只好扔下。有個矮小的保安以前可能練過短跑，速度相當快，不多時就追得只離田尋不到五米，田尋心中起急，忽然看到旁邊櫃架上擺了很多足、籃、排球，連忙抄起一個籃球，朝那保安沒頭沒腦地就砸了過去。

那矮保安眼看就要追上，心裡都樂開了花，忽見有個籃球迎面飛來，還沒等他回過神，籃球砰地砸了個結實，直把那矮保安砸了個趔趄摔倒在地。

另一個保安也趕了過來，田尋雙手把足球、籃球和排球輪番擲出，那保安雙手護住腦袋低頭硬往前衝，頗有士兵衝鋒佔領高地的勁頭。田尋扔出最後一個排球後奪路而逃，趁那保安低頭躲避的工夫，田尋已跑出十幾米遠。

這時那第一個保安剛從自行車堆裡解脫出來，遠遠看到田尋正慌不擇路地朝安全通道跑，連忙透過對講機氣急敗壞地大叫：「他要去一樓！快下樓包抄過去，老吳你去消防通道，小劉去滾梯，我從樓梯間追，千萬別叫他跑了，聽說他是個通緝犯，抓到就有獎金哪！」

有獎金這句話比刀架脖子還管用，幾名保安抖擻精神分頭追去。安全通道是白色的防盜鐵門，門框上貼著寫有EXIT的綠色指示燈，田尋扭開鐵門手柄鑽進樓梯，蹬蹬蹬往樓下急跑。這一樓都是賣副食品的，顧客比樓上還多，擠擠挨挨地轉不開身，田尋見從斜對面消防通道裡衝出一人，正是那矮個保安。這保安剛才被田尋籃球砸倒，看到田尋頓時火往上撞，捋袖子就向田尋撲來。

這裡是冰鮮食品部，吊著幾大排凍得梆硬的豬肉肋扇，田尋斜著往冰櫃那邊跑，矮保安也朝那邊急追，當他來到田尋身邊時，伸手一把抓住他的後衣襟。矮保安高興極了，大叫道：「抓著他了！快來，快來！」

田尋見無法逃脫，他急中生智，雙手抓住一大扇豬排骨，用力往那保安臉上甩去，那豬排肋凍得比鐵板還硬，矮保安猝不及防，正被豬排骨砸到臉上，鼻樑骨差點沒斷了，疼得他大叫一聲，雙手捂臉蹲下，手也鬆開了。

一樓的幾名保安也從對講機中聽到消息，分別從幾個方向包抄過來，田尋見大勢不妙，眼睛快速在牆壁上尋找，他跑到一處自助掃碼機附近，看到牆上有個紅色塑料圓盒，上面有玻璃蒙子，底下還有兩行小字，田尋不用看字就知道這是什麼，連忙飛奔過去左拳一搗，玻璃蒙子碎裂，露出裡面的金屬拉環，再將拉環迅速拉出，頓時超市裡響起刺耳的警鈴聲。

很多顧客正在挑選東西，大包小筐拎了不少，忽然聽到警鈴都嚇了一跳，人群開始騷亂，幾名保安已經向田尋圍攏過來，並且把住幾條出口，田尋眼看自己快成了甕中之鱉，急中生智，大叫一聲：「著火啦，快跑啊！」

這句話可要了命，老百姓什麼都不怕，就是怕死，一聽有人高喊著火，偌大個超級市場頓時亂成一鍋粥，男女老少都搶著往大門外跑，連收銀台的十幾個通道也未能倖免，好多人抱著商品趁亂直接從收銀台衝出大門溜掉，漂亮的女收銀員哪見過這陣勢？都嚇得花容失色，有的乾脆蹲到機器底下。

幾名保安知道多半是田尋搞的鬼，連忙扯開喉嚨大喊：「沒有著火，大家不要慌，沒有著火！」可哪有人聽他的？後來連這幾名保安都給擠沒了。

田尋知道自己做的這件事很冒險，因為這樣很容易出現踩踏事故，一旦出了人命，自己就是間接殺人犯，可事到如今他別無選擇，於是在人群中邊擠邊大聲喊：「右邊有消防通道，左面是安全通道，都可以跑出去！」

大家都下意識按田尋說的去做，超市裡的人群不經意間被分成幾股，田尋夾在人群裡從安全通道溜進地下停車場，空間一大人流更加分散，顧客們都呈扇形逃開，田尋在幾輛汽車中穿梭奔跑，看到一名停車場的保安正用對講機通話：「你說的那個人有什麼特徵？這裡人太多了我看不清……什麼？你再說一遍，聽不到！喂喂！」

田尋知道這保安是在找他，連忙拐了幾個彎順水泥斜坡跑到地面，外面停著好幾大排自行車，田尋助跑躍過欄杆，從自行車上踩過跳到盲道上，又翻過護欄跑進機動車道，飛快地向馬路對面跑去。

這條馬路是雙向八車道的主幹，路上汽車飛馳不停，一輛寶馬320i呼嘯而來，田尋狂奔而過，那寶馬嚇得一個急煞，煞車片摩擦輪軸發出尖利叫聲，後輪差點冒煙。司機探出頭大罵：「你他媽的趕著偷渡啊？不要命了！」

田尋哪有工夫理他，跑到對面人行道上一頭扎進胡同。在樓群裡東拐西繞，穿出去又來到另一條街，正巧碰上綠燈，他從人行道快跑而過，後面交通協勤員搖著小紅旗在後面大聲道：「大家慢行，小心腳下！」

田尋一路跑到路邊的出租車乘車站，拉開一輛等活的紅色桑塔納出租車後門，氣喘吁吁地對司機說：「快……快開車，快點！」

那司機正在聽收音機裡郭德綱的相聲《我這一輩子》，忽見車裡鑽進來個人，一時沒回過神：「啊……什麼？要去哪？」

田尋催促：「快開車！」司機問：「你也不說去哪，我怎麼開車？」

田尋急得冒煙：「你先開車再說！」

這司機似乎是個慢脾氣，笑著說：「我哪知道你去什麼地方，我是往前開，還是調頭朝後開呢？」

田尋氣得險些吐血，隨口說道：「去北塔，快！用最快速度！」司機這才發動引擎將車開動。田尋累得呼呼直喘，透過車窗遠遠看見一個保安已經從馬路對面的樓群裡追了出來，正左顧右盼地不知道往哪裡追，田尋的出租車已經駛上大道開遠。

這司機雖然可恨，但車技很好，車開得又快又穩，轉眼間就到了望花街。他邊開車、邊拿田尋打鑔：「我說哥們，你這是躲債，還是躲情敵啊？」

田尋實在不喜歡和陌生人閒聊，便說：「我從銀行搶了五千萬美元，再不跑就來不及了。」

這司機一聽就知道田尋不願跟他聊，苦笑著搖搖頭，也不再說話了，伸手擰大收音機音量繼續聽相聲。

到了北塔下車，田尋又換了輛出租車駛到文官屯街，這才在附近找了個小飯店，剛要坐下就看到飯店牆上掛著的一台電視裡正放新聞，田尋連忙出來，又換了

第十章　超市追逐

家沒有電視的抻麵館坐下，要了碗抻麵，邊吃邊穩神。

他在心裡把林氏集團和經偵局罵了個底朝上：這下可好，全瀋陽市的人都知道我是在逃犯了，父母也不例外。他甚至能想像出父母坐在電視前看到那條通緝令時的驚愕表情。

這下自己的後路全部斷掉，只有全力找到假唐曉靜，才有可能讓自己回到正路上去，否則這輩子就算徹底結束了。

田尋邊吃麵、邊朝外看，似乎感到隨時都會衝進來一群超市保安將自己按倒在地，他匆匆吃完麵，摸了摸羽絨服裡懷，老威給的錢都還在，田尋付了帳溜出抻麵館，忽然想起這裡是文官屯地區，當時自己跟蹤假唐曉靜時，她探病友也是在這附近。

田尋在附近來回轉悠，腦子裡不停地思索，那個假唐曉靜當然不可能在真正的唐家居住，那麼她就另有住處，也許她是瀋陽本地人，也許是外地人租房，當然如果是本地人那光憑照片就能在公安局查到戶籍資料，因此她極有可能是外地人，平時田尋就聽她口音軟軟的，有點像湖南湘妹子，又像蘇、浙一帶，難道她探望病友是假，在瀋陽臨時租房行騙是真？

第十一章　荒宅

雖然沒有她居住地的線索，但不管怎麼說她曾經來到過這一帶，這根救命稻草不能丟下，即使找不到她的居住地，能找到她那個病友也是大好事。

主意打定，田尋招手叫來一輛出租車，開向上次跟蹤時望花北街西拐的那個胡同口。

汽車駛進來，又到了上次那個丁字路口。田尋先讓司機往左開探路，見路兩旁全是大片的苗圃，另外遠處還有幾家機械廠，並沒什麼民宅。

出租車隨後又掉頭朝右駛去，開出一段距離後，發現這裡行人更少，只有十幾幢破舊的三層樓房，東北俗稱叫「旱樓」的那種。

田尋問司機：「這高牆就是瀋陽市殯儀館吧？」

司機點頭道：「對，這一大片牆內都是。」

田尋哦了聲：「這附近也真夠偏僻的，半天沒看到人影，怎麼全是這種紅磚三層舊樓？」

第十一章　荒宅

司機道：「那都是從解放前留下來的老樓，沒有房產商願意在殯儀館附近開發新樓盤，所以這裡一直沒拆遷，那種樓可舊了，連樓梯都是木板的。」

田尋心不在焉地回答：「是嗎，你怎麼知道？」

出租司機最喜歡聊天，有了話題更高興，說：「以前我有個遠房親戚，是安徽蚌埠人，就在這附近租過幾年房子，這地方房租非常便宜，住的人也多，估計是全瀋陽最低價了吧！」

剛說完，他伸手指著前方幾幢孤零零的舊樓：「看見那幾個灰樓沒？」

田尋說：「看見了，怎麼？」

司機說：「這幾幢灰樓離殯儀館後牆最近，聽說裡面有時候還鬧鬼。」

田尋問：「你怎麼知道？」

司機笑了：「我親戚就在這附近住啊！這一帶沒人不知道，就因為有鬧鬼傳言，所以房租便宜得很，但住的人似乎也不少。」

田尋問：「鬧鬼還有很多人住？他們不害怕嗎？」

司機嘿嘿笑了：「跟窮比起來，鬼就不那麼可怕啦！只要便宜，別說鬧鬼，就算鬧菜刀也有人住。」

田尋點頭：「說得有理。好，就在這停下。」

天色漸漸暗下來，附近相當偏僻，地面坑坑窪窪，橫七豎八長著很多枯木，幾幢灰突突的老舊樓房就像九十歲老頭，行將就木地立於荒地之中苟延殘喘，樓對面不到三十米就是殯儀館高牆，高大的火化爐煙囪十分顯眼，附近連半個人也沒有，想必天寒地凍，沒人願意出來。

這幾幢樓和其他的紅磚舊樓離得比較遠，襯在深藍色天空中顯得更加孤單，給人感覺就是如果此地遭到空襲，那這幾幢樓絕對是首要目標。

田尋深一腳淺一腳地向那幾幢舊灰樓走去，寒風貼著地面刮過，吹得臉上生疼，他緊了緊身上的羽絨服，走到近前再看，見面前這幢樓實在舊得可以，樓門洞是木板門，而且還缺了一半，另一扇也只是斜連在門框上，上下兩塊折鐵只剩下面那塊，在風中來回呼搧搖擺，似乎輕輕一碰就會倒。

田尋走進樓門洞，裡面黑黝黝的，也沒開燈，還有股說不出的霉味，勉強能看到裡面的格局很怪，一條短走廊共有三個木門，門上佈滿灰塵，也不知多長時間沒擦，中間那扇門依稀可見門上有個方形翻板，可能是起門鏡的作用。右邊拐上去有個樓梯，田尋壯著膽子向二樓邁步，腳剛一踩到樓板就發出嘎吱聲響，這時田尋才

第十一章　荒宅

想起剛才那司機說的話，這樓裡的樓板還真是木頭的，看來年代久遠。

二樓格局跟一樓相同，死氣沉沉地似乎從沒住過人，田尋左右看看，瞅瞅通往三樓的樓梯，心中踟躕不定，想起剛才出租司機說過這幾幢平時鬧鬼的話，不由得感到渾身不舒服，於是又順樓梯下來。拐彎剛想往樓門洞外走，忽聽嘩的一聲，中間那扇木門的方形翻板推開，有張人臉露出來。

這是一張老太太的臉，乾癟枯黃，灰撲撲地滿面都是核桃紋，眼珠也是灰暗色，活像長沙馬王堆那個辛追。

看到這張半隱在陰影裡的蒼老臉，田尋有點發毛，他硬著頭皮問：「我想問一下，這個……這樓裡有房出租嗎？」

老太太直接把翻板閉上了。田尋暗罵一句神經病剛要轉身離開，木板門吱呀一聲又開了，一個穿深藍布襖的矮瘦老太太堵在門口，冷冷地對田尋說：「誰要租房？」她說話的聲調好像金屬相擦，又嘶又啞，聽著很難受。

田尋連忙回答：「哦，是那個……我想找個人。」

老太太把眼一瞪：「你到底租房，還是找人？」

田尋掏出手機，調出照片展示給老太太：「我想找這個女孩，她可能在這附近租房子住，請問您見過她嗎？」

老太太看了看手機屏幕上的照片，又翻翻眼皮瞅瞅田尋，扔了句：「沒見過！」還沒等田尋張嘴，門已經關上，灰塵順著門框簌簌往下揚。田尋碰了一鼻子灰，同時也不想在這個陰森破舊的樓裡再多待半分鐘。

剛轉身要下樓，背後門又開了，那老太太又問：「你是她什麼人？」

田尋嚇了一跳，連忙回頭說：「哦，我是她……是她朋友，來找她有點事。」

老太太啞著嗓說：「她欠我的債，你能替她還嗎？」

田尋欣喜若狂：「您真認識她？她在哪？」

老太太卻答非所問：「她的債，你能還嗎？」

田尋連連點頭：「可以可以，多少錢？」

老太太伸出乾癟的手掌：「兩百五十塊。」田尋心想這數倒吉利，於是連忙摸內懷的那沓錢，捏出三張百元鈔票遞給她，問道：「她在您這裡租過房子嗎？現在人在什麼地方？」

老太太邊掏錢邊說：「兩個月沒回來了，走之前說過幾天回來拿東西，到現在也沒露面。」

田尋激動得手直抖，真是蒼天有眼！沒想到在這能找到線索！他勉強抑制住激動心情，說：「不瞞您說，我是她男朋友，她讓我在這等她，我能在她住的屋裡繼續住，直到她回來嗎？」老太太剛要把找零的五十塊給他，一聽這話又縮回手：「行，那你得先給房錢。」

田尋心想這老太太黑上我了，邊掏錢邊問：「一個月多少錢？」

老太太用昏黃的眼珠看著田尋：「八十塊。」

田尋直洩氣，心想這房租也太便宜了，看來應該是離殯儀館近的原因。遞給老太太兩百塊：「先付兩個月的。」

老太太接過錢後也不找錢，就交給他一把鑰匙：「樓上最裡頭那間屋就是，就剩一把鑰匙，別丟了。」

接過鑰匙，田尋隨口問道：「這樓裡除了您和我女朋友之外，還有幾家住戶？」

老太太說：「沒了，這整幢三層樓都是我的，現在只我一個人在這住。」

田尋哦了聲，上到二樓拿鑰匙打開靠裡的那扇木門，門鎖很破舊，幾乎就是個擺設，隨便找個成年人一腳都能踹開。吱呀推門進來，伸手摸到門邊的電燈開關點亮，見裡面只擺了一張床、一張深紅木桌和一把椅子，床上鋪的是淺粉色KITTY貓的床單，窗戶掛著同樣淺粉色窗簾，靠牆有個簡易帆布衣櫃，桌上有很多食物包裝袋和飲料瓶，靠牆雜亂地堆著幾雙鞋和一只旅行箱，牆上掛著幾件衣服，衣服旁邊是一面落地鏡子。

這些擺設田尋很熟悉，在假唐曉靜的那幾張內衣照裡都有，看來這就是她的居室無疑了。屋裡窗戶關得很嚴，空氣中混雜著麵包發霉、水果發酸和殘留香粉的氣味，田尋差點沒熏倒，趕緊憋著氣打開窗子通風，一股冷氣灌進來。

藉著黃昏的光線，可以看到窗戶正對面就是殯儀館院裡那根高大的黑煙囪，旁邊還有個稍矮、稍粗一些的黑色塔狀物，田尋知道那大黑煙囪就是火化的排煙爐，而那個矮粗的黑塔則是存放骨灰的靈骨塔。

這窗戶離排煙爐和靈骨塔也太近了，甚至給人感覺舊樓就在殯儀館院內似的，這令田尋很反感，怪不得這破樓沒人住、又便宜，正對著燒死人的煙囪，誰不煩？

屋裡沒有電視、也沒冰箱，田尋看了半天，整個屋子只有一樣東西勉強算「電器」，那就是牆上的石英鐘，在這麼簡陋的環境居住，真不知那假唐曉靜怎麼熬的。

第十一章　荒宅

這時忽聽身後有人說道：「冬天開什麼窗戶？還嫌暖氣跑得慢？」

田尋嚇了一跳，連忙回頭看卻是那老太太，怎麼跟幽靈似地上樓也沒個動靜？田尋剛要解釋，老太太淡淡地說：「晚上沒事不要到處亂跑，免得惹事。」田尋笑著說：「我晚上一般沒事很少出去，頂多就是買點東西。」

老太太似乎有點不高興，也沒說什麼，轉身下樓去了。田尋衝老太太的背影暗罵：神經兮兮的，有病！

此時已近七點，田尋肚子餓得咕咕直響，他將窗戶關上，只留幾吋寬的縫隙通風，然後關燈鎖門下樓去買吃的。

這幾幢樓附近並無建築，最近的一片舊式樓也在幾百米外，田尋走出一段路後回頭觀看，那幾幢灰樓突兀地立在身後，只有一扇窗戶亮著燈，忽然田尋發現這扇窗的位置，不正是自己剛離開的那個房間嗎？

他又目測確認了一下，沒錯，二樓最靠西面窗戶，就是那間房，可能是老太太在幫自己收拾屋子，或者是怕浪費暖氣在關窗戶吧，忽然又一想不對，剛才那老太太不是說就這一把鑰匙嗎？那她又是怎麼進屋的，難道這老太太還會撬鎖？

田尋餓得要命，也沒空多想，拐了兩條胡同，在樓群裡尋了個小飯館要了半斤水餃開吃，店老闆是小倆口，生意清淡，老闆娘坐田尋斜對面用計算機合帳，老闆邊抽煙、邊看電視，不時和田尋聊幾句。

田尋問店老闆：「聽口音是湖北人吧？」

店老闆笑呵呵地說：「是啊，我是宜昌人，離三峽好近的。」

田尋說：「明天就是三十了，過年也不回老家看看？」

店老闆搖搖頭：「已經沒有老家了，三峽移民之後，把整個鎮都劃平掉，我們帶著安置費來瀋陽投靠親戚，順便就在這裡開個小酒館。」

田尋疑惑道：「那為什麼不找個好地方？這附近又偏僻又荒涼，能賺到錢嗎？」

店老闆歎了口氣：「本來前幾年是做海鮮生意的，結果倒霉碰上非典型肺炎時期虧了本，沒辦法只好在這裡湊合開個小飯館，勉強討個生計吧，反正是吃不飽、也餓不死。」

隨後又問田尋：「小兄弟，你家住哪裡啊，做什麼生意？」田尋夾著餃子蘸了點醋，說：「我是撫順人，在北邊那幢灰樓租房子住，過年也不準備回家了。」

語音剛落，那店老闆和老闆娘同時回頭，眼神中充滿驚愕和疑惑，老闆問：

第十一章　荒宅

「你說是哪個灰樓？」

田尋不明就裡：「就是從這往西拐，北邊那三幢單獨的灰樓啊！咋了？」

店老闆倆口子互相看了看，老闆又問：「你住了多久了？」

田尋想了想，扯謊道：「哦，住了有快半年了。」

兩人再不問話，各自低頭忙自己的事，田尋心想可能是他們笑話自己租的樓太破舊吧。吃完餃子田尋掏出五塊錢遞給老闆算帳，那老闆娘卻搶著說：「不收了不收了，你走吧！」

田尋納悶：這是飯館又不是收容所，怎麼會吃完了飯不要錢？剛要說話，那老闆站起來賠著笑說：「小兄弟走吧，真不收錢了，我們今天最後一天開張，就算我請客好啦！」說完就開始收拾桌子，似乎要關門打烊。田尋也沒敢多問，道了謝離開飯館，邊走還邊想：頭一次碰到吃飯讓店老闆請客的。

回來的路上在一個小賣店買了幾瓶礦泉水，這時天已全黑，田尋回到灰樓剛要上樓梯，中間那扇門開了，又是那個老太太。

她堵在門口問：「你上哪去了？」

田尋有點生氣，難道我租妳房子，生活起居也得聽妳調遣不成？於是說話也沒客氣：「出去吃飯，要不我就得餓死了！」

老太太冷冷地說：「以後要辦的事最好在白天都辦完，晚上少出去！」

田尋也挺生氣：「剛才下樓時我好像看到我那屋裡燈亮了，有人進去過嗎？」

老太太扔了句：「沒有！」

砰！門關上了，田尋也壓根沒想搭理這個討厭的老太太，自顧上樓。

這木製樓板只要踩上去就嘎吱嘎吱響，好像踩在駝背老人的後腰，四周黑漆漆的什麼也看不見，田尋暗想：這樓裡也不是沒有電線，為什麼不在走廊安盞燈？這要是不小心踩空摔壞了胳膊腿，算誰的責任？

正想著，忽聽頭頂木板傳來「咚」的一聲輕響，似乎有東西落下，又像是稍用力跺腳的聲音，田尋連忙抬頭看，黑暗中自然是什麼也看不見，他心裡納悶：什麼聲音？老太太不是說整幢樓除了她自己沒別人住嗎？

田尋沒心思多顧及這些，拿鑰匙開門進來擰亮電燈把門插好，回頭就看見窗戶已經被關得嚴嚴實實，田尋氣得直罵：這死老太太，明明進了房間卻又不認。他無暇多想，又將窗戶開了半扇，開始仔細查看屋內的東西。

他盡量不觸碰任何物品，以免破壞假唐曉靜最後一次離開時屋內物品原貌，邊看邊想：平時看了那麼多偵探小說，現在是不是該派點用場了？現在我他媽的就是福爾摩斯，就是波洛，就是霍桑和勾帖！得用心好好看看，不放過任何蛛絲馬跡。

只見床單和被子堆得很亂，枕頭也斜扔在一邊，褥子裡依稀可見有個淺窩，看來是當時早上起床就沒疊被，一直保持到現在。地板上扔著兩隻毛茸拖鞋，牆邊擺了幾雙鞋，田尋一眼就認出這幾雙鞋都是假唐曉靜最近幾個月穿過的，尤其是那雙黑色的細高跟皮鞋，腦中頓時浮現出她穿黑色緊身長褲時，配上這雙鞋的俏麗身影，真好看……。

田尋氣得直罵自己，都這時候了還覺得她漂亮？真沒出息，怪不得上當受騙，活該！再看看牆上掛著的幾件衣服，除了那件小牛皮緊身皮夾克沒有見過，剩下的白色羽絨服和天藍色外套都認識，田尋小心地翻遍每件衣服的內外口袋，只摸到幾枚硬幣。再打開旅行箱裡外翻看，除了幾套女式內衣和睡衣外別無他物。

最後只剩那張木桌了，桌上有些飲料空瓶和食物包裝袋，半包紙巾、一支快用光的美寶蓮唇膏。再拉開抽屜，裡面用報紙墊著，兩個More煙空盒，一個簡易打火機和半截假中華牌鉛筆。田尋將東西一樣一樣都挑出來，用手摸了摸墊抽屜的報紙，似乎覺得底下有東西，拿出報紙，見下面有幾張寫著字的便箋紙。

便箋紙上潦草地寫著：

我好像覺得我的頭丟了，你知道我的頭在哪嗎？

田尋有點頭皮發毛，下意識回頭看了一眼，猛然看到有個人背衝著他，此時也在回頭看，兩人來了個對視。

田尋立刻嚇得站起來，卻看到牆上那面落地鏡，原來這鏡子正對著木桌，鏡中映出了田尋的影子，田尋嚇得心臟怦怦亂跳，這才叫自己嚇唬自己呢！不由得在心中咒罵起來，向鏡子啐了一口。

另一張便箋上的字是：

我的頭已經飛出窗外，它就在那裡。

田尋心裡直打冷顫，迅速扭頭看窗外，黑漆漆的外面冷風直吹，哪裡有什麼人頭？田尋不覺啞然失笑，但還是覺得有點害怕，起身去將窗戶關上。

再看最後的便箋：

我是孤獨的，如果午夜你醒來，也許會看到我在你的床前。

田尋把便箋摔在桌上，罵道：「裝神弄鬼！搞什麼？」翻過便箋看背後並無文字，他將三張紙扯碎，打開窗扔出去，紙片瞬間就被寒風吹得無影無蹤。

第十二章　木板廁所

抽屜裡並無有價值的線索，田尋調出手機裡的幾張照片來回翻看，忽覺有點內急，連忙拿起那半包紙巾，出去鎖好門尋找廁所。樓梯板旁邊有個小門，拉開門就聞到一股強烈的氨氣味，不用說這就是廁所了，田尋找了半天也沒看到燈在哪兒，只得回屋拿來打火機點燃一照，果然是個廁所，只是又髒又破，而且窄小無比，一個人進去勉強能轉身。田尋小心翼翼地邁進去，在裡面將門閂插牢，這木板門關不嚴，插好後也有些活動，但還算牢固，至少在外面拉不開。

他脫了褲子蹲下，捂著鼻子不敢鬆開，很難想像假唐曉靜那麼漂亮的女孩是怎麼在這種廁所裡忍受的。

打火機燒得有點熱，田尋關掉火焰，狹小的廁所裡頓時漆黑，一股懼怕感襲來。人是晝行動物，天性怕黑，因為在黑暗環境中人類無法預知外來的危險，田尋只盼著趕快結束好離開廁所。

這時，從廁所木門外傳來緩慢的腳步聲，是從一樓往上來的，田尋心想應該是那老太太。腳步聲上了樓梯，又拐向左面廁所這個方向，腳步越來越近，最後在廁所門口停住，和田尋只隔一層薄薄的木板。

原來一樓沒有廁所，田尋這樣猜測。他以為這老太太應該會拉一下門，然後發現鎖著就會掉頭走開，可奇怪的是腳步聲在門外停了一會兒，竟又開始慢慢返回，好像透過木門知道裡面有人。田尋有點納悶：這麼黑的環境又隔著門，而且自己一聲不吭，這老太太居然也能知道裡面有人？真是服了，看來她對自己的房子最熟悉不過，就好比自己手上的掌紋。

腳步聲走了十幾步又停下，然後傳來輕微的開門聲，聽距離似乎是自己的那個房間，但又不能肯定，又像是隔壁，田尋聽老太太說過右邊那兩個屋子都空著，也許是去打掃房間了。

五分鐘之後腳步聲又出來，走到樓梯口處慢慢朝三樓上去。田尋心想老太太的確是在打掃空房間，自己也該出去了，老佔著廁所也不是事。沖過水之後田尋站起身，雙腿蹲得直發麻，點著打火機出了廁所，掏鑰匙開門點燈，反手插上門，剛在桌前坐下，發現桌上的手機似乎有點不對勁。

他清楚記得上廁所之前手機是橫著放的，絕不會記錯，可現在手機卻是豎著放在桌上，難道那老太太剛才進的是自己的房間？可剛剛出去時明明鎖了門，老太太怎麼進來的？就算她手裡還有一把鑰匙，那門鎖銹得夠可以，開鎖的聲音估計隔一層樓都能聽到，轉動門鎖的聲音自己也應該能聽見，這可真是邪門。

田尋有點生氣，心想：按法律上講租賃的房屋暫時屬於私人空間，妳房東憑什麼隨意進入？假如我光著身子在屋裡，被妳看到算怎麼回事？當然，如果妳是個年輕女人倒也算了……再說，剛才我下樓吃飯時妳就已經闖進一回了，現在又進來隨便動我的物品。

田尋要找老太太理論裡論，乾脆門也別鎖了，反正也不起作用，他舉著打火機順樓板上三樓，三樓只有三扇舊木門，都緊緊地關著，外面掛著滿是灰塵的大鎖，老太太卻不知去向。

田尋挨個摸了這三把門鎖，摸到第三把時發現鎖是虛掛在鎖鉤上，他伸手輕輕推門。

吱呀——門開了，田尋走進來，屋裡只有一張床和一對桌椅，奇怪的是上面都蒙著早已發黃的白布，田尋很好奇，慢慢扯下桌上的白布，發現裡面空空如也，只有一張方鏡框倒扣在桌上。伸手拿起鏡框轉過來一看，登時嚇得頭皮發麻。

鏡框裡鑲著一張泛黃的黑白照片，赫然就是房東老太太！

田尋嚥了嚥唾沫，顫抖著趕緊把鏡框放回桌上，手忙腳亂地要將白布蒙上，手腕一晃，被打火機的火焰燒到，那打火機已經燒了半天早就燙手了，田尋連忙將打火機扔掉，房間裡頓時一片漆黑。

田尋更加害怕，在地上摸了半天才摸到打火機，蹲在地上「嚓嚓」打了幾下淬火輪卻點不著，看來是熱量將塑料火石托給熔變形了，田尋氣得暗罵，怎麼偏偏在這個時候犯病？他用右手兩指捏住淬火輪用力夾了夾，再打幾下火輪，終於騰起火苗。

田尋長出口氣，站起來剛要直腰，火光竟在牆壁上又映出一個人影！田尋連忙回頭，身後赫然站著一人！田尋低呼一聲後退幾步，心臟差點跳出腔子。

只聽這人低聲說：「你來這裡幹什麼？」聲音沙啞低沉，是房東老太太。

她什麼時候進來的？田尋左手勉強舉著打火機，說：「我……我以為妳在這屋裡……」

老太太盯著他：「你在找我嗎？」

田尋答：「剛才……剛才您進我房間裡了吧？我想知道您為什麼總是進我房

間！」

老太太面無表情，一張老臉在昏暗火光映照下顯得慘白：「是你沒有關門，我幫你把門關好。」

田尋已經嚇得沒心思和她爭辯，連忙說：「哦……那是我的不對，我先出去了。」

老太太卻答非所問：「鏡框裡的人是我老姐姐，死了十幾年了，當時她就死在這張床上。」說完，用手指了指那張蒙著白布的床。田尋這時才發現，那鏡框裡的老女人和這房東老太太長得很像，但眉目五官的確有些差別，應該是姐妹倆。

「她死了以後，我十分不捨，於是就一直讓她躺在這張床上，不信你看。」說完慢慢走到床邊，伸手去扯那蒙在床上的發黃白布。

田尋大叫就要跑，哪還敢看？嘴裡道：「不不……我先下樓了！」說完就要跑，可老太太已然一把扯掉白布，田尋雖然嚇得不輕，卻仍下意識掃了床一眼，見床上果真躺著個老太太，黑色的絨布帽，灰色對襟小褂、粗布褲子，下面還有一雙黑色小腳布鞋。

田尋嚇得魂飛天外，剛要逃命，仔細一看卻發現原來床上只是擺了一套老年女人穿的衣服，並沒有屍體。他長吁口氣，汗都下來了。

老太太嘿嘿地笑：「別怕，只有衣裳，沒有人。」

田尋不想再多待一秒鐘，快步出門下樓回房間將門插死，坐在椅子上呼呼地大口喘氣，渾身直哆嗦。

門外又傳來腳步聲，慢慢從樓上響到二樓，又下樓而去。

田尋連驚帶累，已經有了些睏意，抬腕看看波爾錶已是十一點多，他貼門聽了聽外面再無動靜，這才開始脫外衣。雖然幾個月沒有住人，但床上似乎仍散發著一股淡淡的香味，田尋輕輕掀開帶有KITTY圖案的被子，從被子裡飄出張紙片，田尋撿起一看，勉強辨認出有淡淡的一些字：

潔美洗衣店，一一一五一六，短羽絨服一件十二元，十一月十九日取，欠。

看來這是一張洗衣店的取衣單，不用說，肯定是假唐曉靜在這裡居住時，將羽絨服送到洗衣店的取衣單，十一月十九日，就是自己在林氏公司轉出十萬元給假唐曉靜的日子。

這多少是個線索，明天應該到那家洗衣店打聽打聽。田尋關了燈，鑽進被窩睡覺。

第十二章　木板廁所

迷迷糊糊睡到半夜，田尋口渴醒來，抓過床邊的一瓶礦泉水喝幾口，忽然看到視野中有亮光，迷濛中見從門縫底下有個細長條亮光由左至右移動，顯然是有人舉著光源走過，腳步聲在廁所門口停下，又聽到開啟廁所木板門和關門插門聲，原來是房東老太太上廁所。

田尋也覺得小肚子有點憋得慌，他打了個哈欠、揉揉眼睛爬起來，等那老太太完事。他坐在床邊，腦袋一點一點地直打瞌睡，過了足有十分鐘才又聽到開門聲，腳步聲伴著亮光漸漸遠去，田尋迷糊著、深吸著氣不讓自己睡著，舉打火機開門出來。這打火機可能是快沒油了，火光比黃豆大不了多少，勉強能照到兩米之內。

拉開廁所門，昏暗中見一個人影背向著他蹲在廁所裡，田尋趕緊關上門往回走，迷迷糊糊地想：這老太太是拉肚了吧，這麼半天還沒完事。

他回到房間又坐在床邊發呆，這回不是那麼睏了，倒是尿意更濃，憋得難受，就盼著老太太快出來。

忽然，他腦中猛地打了個冷顫：剛才明明看到老太太離開了，那剛才廁所裡的人影又是誰？

田尋大腦「轟轟」亂響，頓時完全清醒了，這時又聽外面廁所門吱呀開啟，他連忙站起來迅速關上門，也來不及插上門鎖，將耳朵貼到門板上仔細地聽外面的動靜。

腳步聲很輕，從廁所出來慢慢走到田尋房門前停下，田尋心臟怦怦狂跳，門並沒有插，他似乎感覺到外面有一隻手正從黑暗中慢慢伸出，就要碰到他的房門。

而那腳步聲停頓了一會兒後，又繼續走到樓梯順梯上了三樓，腳步聲逐漸減小，直到再無聲息。

田尋覺得喉嚨發乾、渾身冒汗：這到底是怎麼回事？難道那該死的老太太會分身術？還是另有人住在三樓？又一想，可能是那老太太剛才根本就沒出來，是自己聽錯了，然後老太太打廁所出來又上三樓去收拾屋子。

害怕歸害怕，可尿還是要撒的，田尋舉著那個快沒油的破打火機慢慢推開門，走廊裡寂靜無聲，他慢慢蹭到廁所門前拉開門，裡面空蕩蕩無人，田尋趕緊熄了打火機咬在嘴裡，也顧不上關門，蹬上台階就開始小解。

這泡尿憋得太久，釋放出來的感覺真是太輕鬆了，寂靜的環境中只有尿柱撞擊便池的聲音，嘩嘩的聲音很大、很刺耳，但田尋已然無暇顧及，專心享受排泄帶來的天然快感。

第十二章　木板廁所

正在這時，忽然又聽到腳步聲傳來，田尋身體一震，尿差點澆到腳面上，那腳步聲慢慢順三樓往下走，木板之間有縫隙，腳步聲聽得十分清楚，走到拐角處就停住了。

樓梯拐角處和廁所緊挨著，中間只有一板之隔，田尋連忙將撒了大半的尿硬生生憋住，嚇得大氣不敢出，感覺外面那人此刻就停在自己右邊隔著廁所的門板，距離不到兩尺遠，似乎都能感覺到對方的呼吸聲，相隔的木板好像憑空消失了一樣。

他想退後兩步，伸手關上廁所門，可雙腿卻有點發軟，也不敢弄出聲響。就這樣過了有兩分鐘左右，那腳步聲又開始上樓梯，漸漸聽不到了。

田尋是又怕又氣，這死老太太閒著沒事大半夜的總來回蹓躂什麼？他點燃打火機，撒完尿後又戰戰兢兢地回到房間鎖上門。這下睡意全無，又怕有人半夜闖進來，乾脆將沉重的木桌慢慢挪到門前頂住，這才心下稍安。

回來剛要爬上床，忽然看到木桌移開的地板空位有一張白色長方形硬紙，似乎是張照片，照片上沒有灰塵，應該是不小心掉進木桌與牆壁之間的縫隙又被卡住，直到田尋搬走木桌後照片才落下來。撿起翻過來一看，腦子裡「嗡」的一聲，不由驚呆！

照片上是一男一女的兩人合影，兩人拉手攬腰，神情很是親暱，左邊那女人是假唐曉靜，右邊的男人竟是古作鵬！

田尋以為自己看錯了，那男人笑的很開心，穿一身休閒衫褲，雖然不像是在林氏公司那副鐵面包公似的形象，但這張臉絕對錯不了，就是古作鵬。

田尋呼吸有點加劇，手裡的照片飄然落地，人也跌坐在床上。假唐曉靜怎麼會和古作鵬搞在一起？難道他們倆很早就認識？不可能！從來沒聽她在任何場合提起過，公司裡也沒有半點風言風語，要知道中國人最喜歡做的兩件事就是圍觀和傳舌，在中國任何一家企業中，有屁大點事用不了半天就會傳得比埃波拉病毒還快，這種事更跑不了，足以說明兩人之間定有見不得光的古怪之處，肯定是在故意隱藏關係。

田尋用力捶了捶腦袋，希望能打出點靈感來，可腦袋嗡嗡直響，卻半點靈感也沒捶出來，他又撿起照片躺在床上仔細看，似乎要把照片像X光般看穿。假唐曉靜仍舊笑得燦爛嫵媚，和田尋在一起時同樣的表情，背景好像是某處花卉公園，從衣服上看像六、七月份，那時田尋應該是剛進林氏公司。

他們倆之間究竟是何關係？假唐曉靜對自己的陷害，是不是與古作鵬共同設好的圈套？難道古作鵬也是公司的內鬼、兩人合謀騙錢？

第十二章　木板廁所

越想頭越大，田尋乾脆也不再想了，有什麼事明早再說，於是鑽進被窩強迫自己睡覺。

突然一陣鈴聲響起，田尋嚇得渾身一震，差點從被窩裡跳出來，卻是枕頭邊的手機。

田尋冒了一身冷汗，咒罵著拿過手機，卻是老威發來的短信息：

我是老威，你媽看到通緝令住院，現在沒事。我被公安監視，不方便打電話，抽機會傳信息，你保重，別回。

短信內容很短，語句簡單之極，看來是老威倉促之中發出的。看完短信田尋不覺眼淚雙流，心如刀絞，他母親心事重，身體又不太好，這也是他一直都在擔心的事，現在還是發生了。

田尋顫抖著要撥號打電話給家裡，幾次已經按好號碼，卻又掛斷，他怕給家裡帶來不必要的麻煩，可還揪心母親的病情，真是痛苦不堪，不由得悲從中來、無處排遣，這一夜輾轉反側，又失眠了。

直到凌晨，勉強睡了三個多小時，睜眼已是八點多，田尋穿好衣服挪開頂門的木桌，下一樓在水池邊胡亂洗了把臉，帶上那張照片和取衣票出了門。

剛走到樓梯口還沒下去，突然瞥眼看到拐角處的樓板上有個圓窟窿，高度剛好到一個人的眼睛附近，田尋好奇地湊過去單眼一看，裡面赫然就是廁所的左牆壁。

他頓時又冒出冷汗，立刻想到昨晚的事，昨天半夜那個由三樓下來的腳步聲應該就是在這裡停住，現在看來，昨晚那人站在這，就是由這個圓窟窿向廁所裡面窺視，而當時自己卻還渾然不覺！

一陣後怕襲來，田尋下意識又湊過去，向窟窿裡掃了幾眼，剛要離開，突然一隻渾黃的眼珠猛然在窟窿裡面出現，直瞪著田尋，嚇得田尋「啊」的一聲叫起，後退好幾步差點踩空從樓梯跌下去，心臟怦怦狂跳。

只見廁所門打開，穿著藍布襖房東老太太從裡面慢慢走出來，田尋靠在樓板上氣都喘不勻了，老太太慢慢拐過來，冷冷地問：「你看什麼呢？」

田尋喘著氣道：「沒……沒什麼，看到這木板上有個窟窿，就……向裡看了幾眼，不知道您在這裡，對……對不起啊！」

老太太眼中現出一絲怪異神色，面無表情，也沒說什麼，慢慢下樓而去。

田尋看著她的背影，半天沒敢下去，直到聽見老太太關門後十幾分鐘，這才敢慢慢下樓出門。

第十三章　詭異老太太

外面已經擺了好多販賣鞭炮的攤子，有很多人在買，田尋本想也買一掛鞭炮可又打消了。他在附近挑了一家抻麵館，這麵館的木牌匾已被煙熏得焦黑，應該在這裡經營有幾年了，對四周的情況也應該會很熟。他進屋要了碗抻麵開吃，今天是年三十，店老闆顯然已無心做生意，一邊打電話告訴在外面的兒子買什麼年貨回來，一面逗小孫子玩。

田尋放下筷子問老闆潔美洗衣店在哪兒，店老闆漫不經心地指指東面街：「從這裡一直走就能看到。」然後繼續逗孫子。

田尋付了錢出門向東，順那條小街走去。一直走了近兩里地才看到那家小洗衣店掛著「潔美」的牌子，幸好還在開張，田尋剛邁進店就見一桌子人在包餃子，一個男人頭也沒抬，邊擀皮邊說：「今天不營業了，要洗衣服初四再來。」田尋連忙遞上照片和那張取衣單給男人看，並說明來意，男人接過來看了半天，搖搖頭。田尋有點沮喪，旁邊有個瘦高少婦正在攪肉餡，她接過男人手裡的照片和取衣單瞧了瞧，對另一個正捧著手機發短信的年輕女孩說：「哎，小玲，妳看這女孩是不是眼熟？」

那女孩看了照片一眼，放下說沒印象，瘦高少婦說：「妳忘了？就是大冷天也穿個低胸內衣的那漂亮女孩，手裡還拿著個最新款的手機那個？」

年輕女孩懶洋洋地說：「我只對帥哥有印象。」

田尋無語。那瘦高少婦又對田尋說：「我記得那女孩，因為那幾天非常冷了，可那女孩穿得特別少，低胸內衣外面就套個羽絨服，不過長得也真漂亮，手機也是最新款，我一直都想買那種手機可沒買上，所以我對她記得很清楚。」

田尋忙問：「是不是諾基亞Ｎ９８型，酒紅色的？」

「對啊，就是它！」瘦高少婦叫起來，「就是那個手機，哎呀，太貴了，水貨還要五千多塊呢！」

旁邊那男人說：「一個破手機有什麼值錢的，有那五千多不如給我女兒買台筆記本電腦了！」

少婦不高興地反駁：「你懂個屁!那叫時尚，明白嗎？」

田尋問道：「那她說過些什麼別的話沒有，除了洗衣服之外的？」

瘦高少婦笑了：「小伙，我又不是電腦，都是一個多月前的事了，我哪能記這麼清楚呀！」

田尋覺得也是，無奈地歎了口氣。

這時那叫小玲的年輕女孩頭也沒抬，邊發短信邊說：「她說還放在老地方，文官屯火車站86號箱。」

「什麼？這是她當時說的？」瘦高少婦問，「我怎麼沒聽見呢？妳可別瞎告訴人家！」

年輕女孩哼了聲：「那是她送完衣服出門時打手機說的，正好我從網吧剛回來，恰巧聽到了。」

「是說文官屯火車站，86號箱嗎？不會記錯吧？」田尋很激動。

女孩還沒回答，那男人開口道：「我這女兒學習不行，就是記性好，只要是她說出來的就不會記錯。」

田尋千恩萬謝後出了洗衣店，這時還不到中午，田尋準備先去火車站看看。

殯儀館這裡離文官屯火車站不算遠，乘公交車一個小時就到了，下車順鐵路往北走了幾百米，就看到一排淺藍房頂粉色牆的房子，正中大門上嵌著「文官屯站」

四個大字，雖然小站不大，但還算乾淨整齊。

進了大廳，裡面稀稀落落沒多少人，今天雖然是除夕，但這畢竟只是個三等小火車站，只通省內各市，所以人不太多，只有幾十人在售票口買票。田尋左右看了看，沒發現有什麼儲物箱之類的擺設，再穿過右廳門，見這大廳是個行李托運站，很多人在辦理物品托運手續，再回售票廳往左走，看到這裡靠牆有兩大排鐵皮櫃子，每間櫃門左下角都刻有鋼印編號，從1直到100號。

田尋在鐵皮櫃前走了兩圈，看到第86號箱是緊靠牆的最角落，可能是因為位置太偏，沒人願意選擇在這裡存包，所以這個櫃子上面的灰塵特別多，這樣一來就更沒人願意用。

抬眼見對面有個窗口，上寫「存件處」三個歪歪扭扭的紅字，田尋到窗口前對坐在裡面的人說：「我要存包，請問要怎麼辦手續？」

那人是個五十來歲的中年婦女，手裡正打著毛衣，頭也沒抬地說：「寄存費每天二元，車票拿來！」

田尋一愣：「我只存包，不坐火車。」

中年婦女依舊沒抬頭：「沒車票不能存包。」

田尋說：「我給妳五塊錢行嗎？我只存一會兒就行。」

中年婦女開始有點不耐煩：「只有買票的人才能存包，這是規定！」

田尋哦了聲，邊朝售票口走邊想：什麼破規定？看來這個小站還停留在計畫經濟時代。來到售票口，工作人員問：「到哪？」

「隨便，最便宜的票就行。」

「總得有個地方吧？」

田尋說：「我不坐火車，只為了能存一會兒包，給我隨便開一張最便宜的火車票就行。」

工作人員像機器人般念道：「文官屯至鐵嶺，七塊九毛，晚上六點零六分到站，六點零七分發車，到鐵嶺時間為七點零四分……」

話還沒說完，田尋已經甩出一張十元鈔票。

拿票走時隱約聽到背後那工作人員笑著和同事聊天：「就衝這規定，我們每天都能多賣好幾張票……」

田尋拿著車票交給存件處的中年婦女，點名就要86號櫃鑰匙。

蹲下打開86號櫃門，這個角度背光，黑沉沉的什麼也看不清，伸手往裡一摸滿手都是灰塵，估計有年頭沒人打掃了。田尋有點失望：難道什麼都沒有，白跑一趟？

再往裡仔細摸了摸，觸到一個輕軟物體，拽出來看卻是兩張疊在一塊的彩色雜誌內頁。兩張紙似乎捆過什麼長方形的東西，還保持著稜角狀態。田尋輕輕捧出來，順著包裹的角度一合，顯然就是捆過二十萬元鈔票的形狀。

櫃子裡再沒其他東西了，田尋關上櫃門將鑰匙退給窗口，找了個塑料袋將紙小心翼翼地裝進去，出來後先到五金店買了個手電筒，又順便在路邊小飯店買了四樣菜、半斤餃子和一小瓶老龍口白酒，一起帶回舊樓。

天色已近傍晚，外面雖然很冷、但很晴朗，可一進到舊樓裡就覺得黑暗陰森，有股說不出的壓抑感。上二樓開門進屋，隔著玻璃窗就看見對面的大黑煙囪正滾滾冒著濃煙，田尋衝玻璃窗呸了口，暗罵：真夠晦氣，大年三十燒死人，看來這一年都過不好。

他把酒菜放在桌上吃了幾口，覺得索然無味。外面開始響起零星的鞭炮聲，田尋心想，以前的今天應該是在家裡和父母共同坐在桌上吃年夜飯，腳邊趴著的小狗還會不停揚著頭要吃的，可現在居然成了在逃犯，在這幢陰不見天日的舊樓裡獨自喝悶酒……。

第十三章　詭異老太太

俗話說借酒澆愁，他越想越有氣，不由多喝了幾杯老龍口。田尋酒量平平，白酒更是不行，可今天心情低落，這嘴上就沒了譜。

天漸漸黑了，田尋二兩白酒也進了肚，不多時臉和脖都紅了，呼吸也粗重起來。

伸手拿起白天在文官屯火車站找到的那兩張雜誌內頁，見印刷很精美，頁眉印有「最女人」三個字，看來這就是雜誌名，典型的女性雜誌。當頁的文章標題為「養個男友和養條狗，哪個較划算？」作者署名「漂亮的菜青蟲」，下面還配著印刷精美的插圖，一個美女左邊挽著帥哥，右邊牽條金毛犬。

田尋邊看邊嘿嘿笑，心想：這種文章肯定是女人寫給女人看的，不過我倒真想問問這位女作者：「妳能把男朋友當狗使，可妳敢把狗當男朋友使嗎？」

翻來覆去看了半天，酒勁上湧，田尋眼睛開始發暈，雜誌上的文字也開始亂轉，他用力揉揉眼睛，卻更看不清了，只好把紙扔到桌上。

忽然門外又傳來輕輕的腳步聲，由三樓慢慢而下。這老太太原來一直在樓上，這麼半天她在幹什麼？收拾她那個老姐姐的屋子？

田尋站起來，握著手電筒打開門，黑暗中見一人影慢慢從三樓下來，並沒有拿光源，就這麼摸黑地下樓梯，從矮小的身形看，就是房東老太太。田尋問：「是誰？」

房東老太太並沒回答，自顧下樓。田尋藉著酒勁抬手電筒照向她，登時嚇了一跳，只見那個老太太穿的並不是房東老太太平時常穿的那一身深藍棉襖，而是頭戴黑色絨布帽，身穿灰色對襟小褂，下面是深灰粗布褲子。

這身衣服田尋記得很清楚，前天晚上在三樓的床上看到過，不就是房東老太太那死去的老姐姐穿的嗎？

田尋拿手電筒的胳膊微微顫抖，想移到那人臉上看個究竟卻又不敢。只見那老太太折回身慢慢向田尋走去，田尋酒頓時醒了三分，邊後退邊顫抖著說：「妳……妳是誰？」

後背一涼，貼到了牆壁，田尋緊走幾步剛要進屋關門，那老太太開口說道：「今晚除夕，我給我老姐姐上幾碗酒飯。」

這聲音很熟悉，分明是房東老太太，仔細一看，果然就是她，不知道這該死的老太婆什麼時候換上了三樓床上那套死人衣服，田尋順臉流汗，大聲道：「您穿這身死人衣服幹什麼？想嚇死人嗎？」

第十三章　詭異老太太

房東老太太笑了：「每年除夕我都會想念老姐姐，穿上她的衣裳就像看到她回來了一樣，你別怕。這身衣裳還挺合適的吧？」田尋哪有心情和她廢話？趕快閃身進屋插上門，酒也完全醒了，腦門上都是冷汗。

漸漸臨近午夜，外面的鞭炮聲也越來越響，各種煙花閃出五顏六色的光亮，映得玻璃窗忽紅忽藍，像發光的萬花筒。田尋打了一盆水在屋裡洗過臉，覺得酒勁已消九成，腦子清醒多了。屋裡沒電視，當然也看不成春晚，田尋夾了幾口菜，便又拿起床上的那兩張雜誌內頁看起來。

紙上除了印刷的圖文之外什麼也沒寫，雖然知道這是用來包錢的，可這對抓到假唐曉靜顯然起不到半點作用，只能猜測出這個假唐曉靜把騙到手的錢包好存到火車站存件箱中，然後再通知另一個人去取。

田尋有點洩氣了，他仰頭半躺在椅子上伸了個懶腰，覺得渾身發軟無力，右手舉起那兩張紙放在日光燈下照看，光線透過紙，發出柔和的光線。

忽然，田尋似乎看到紙的下邊緣似乎有什麼圖案，湊近眼睛仔細一看，好像是寫著幾行字，只是完全沒有顏色，倒像是用某種細物寫出來的，比如沒了油的圓珠筆。

田尋立刻從椅中彈起，把桌上的飯菜撥到旁邊，用抹布將桌子擦淨，再墊上兩張乾淨報紙，小心翼翼地把兩張雜誌內頁平鋪桌上，找到那支半截的鉛筆頭，將指甲刀拆開用刀刃將鉛筆芯削成細粉，最後用手指肚輕輕把黑色細粉均勻地抹在紙的下邊緣，幾次之後，紙上現出一行淡淡的文字：

望花人民醫院　二樓門診神經科李大夫　字寫得有點潦草，但田尋一眼就認出是假唐曉靜的筆跡，因為她當時在林氏瀋陽分公司時是財務助理，很多數額不大的票據都由她簽字入帳，這筆跡很熟悉，可文字內容又是什麼意思？田尋從各個角度仔細看了幾遍，確定文字內容無誤，趕緊用手機記下文字內容，再仔仔細細把兩張紙看了個遍，確認再沒其他可疑之處，這才靠在椅子上長吁口氣。

他盡力讓自己心情平靜、大腦穩定，把那兩句話來回地在腦海中滾動，猜想字裡行間的含意，忽然，他又聯想起另外一件事……。

就在這時，忽聽砰地輕響，一個小亮點屁股後帶著火花撞在玻璃窗上，還沒等田尋明白怎麼回事，就聽一聲巨響將玻璃炸碎，嗆人的硝石味道伴著煙霧頓時飄湧進屋，原來不知是樓下哪個沒長眼的傢伙把閃光雷對著田尋屋子的窗戶燃放，結果炸壞了玻璃。

第十三章　詭異老太太

田尋氣得來到窗前衝樓下大罵，可鞭炮聲震天，田尋連自己的說話聲都聽不到。寒冷空氣伴著煙霧沒完沒了地往屋裡灌，田尋連忙搬過屋角的那十幾個鞋盒堆在窗台上，暫時把玻璃破洞堵住。

冷空氣這東西無孔不入，屋裡的暖氣片早就年久失修，哪扛得住這股寒流，不一會兒工夫，室溫至少降了攝氏六、七度。田尋心想：我怎麼這麼倒霉？真是平地跌跟頭，喝涼水都能嗆休克。

他想下樓找房東要一塊玻璃換上，可一想起那老太太心裡就不舒服，好像吃了蒼蠅似的，尤其想起她剛才穿著死人衣服的樣子，簡直心理扭曲到極點，比任何恐怖小說都要人老命，可屋裡這麼冷，晚上肯定沒法睡覺，也只好硬著頭皮去。

下樓梯來到一樓，外面的鞭炮聲小了很多，只傳來零星聲響。田尋伸手去敲中間的屋門，沒人回應。田尋心想可能是老太太年紀大，早早睡下了，再用力敲了兩下，門卻自動開了道縫，從裡面透出微微亮光。

看來屋裡人還沒睡，這老太太膽也夠大的，怎麼連門都不關？三十晚上入室盜竊又不是沒有先例。田尋伸手輕輕把門推開探頭進去，屋裡有股說不出的難聞味道，四壁陳設簡陋，一張硬板床、一台小電視機、破舊的桌椅、床對面有個木製方櫃，此外再無他物。方櫃旁有個小門，應該是廚房。

田尋問了句：「有人嗎？」沒人答應。田尋以為老太太在廚房裡，便開門閃身進去，走到裡間屋一看，廚房裡也是空蕩蕩的沒人。田尋心想老太太可能是出去看鞭炮煙花了？再不就是給她死去的親屬燒紙了，出了廚房看到旁邊那個方形櫃子上面垂著布簾，好像是個佛龕。

田尋好奇心起，伸右手揭開布簾一看，頓時嚇得頭皮發炸！

只見裡面擺著三碗供果，中間有香爐，香爐後頭是一張大鏡框，裡面鑲著房東老太太那死去姐姐的泛黃黑白照片。遺像中的老太太面無表情，眼睛直瞪著田尋，似乎在質問田尋為什麼打擾她。

怕什麼來什麼，田尋趕緊放下布簾，縮了縮頭，抬腿剛要出去，卻聽見外面傳來腳步聲，聽步伐就知是房東老太太的，田尋暗叫不妙，這要是讓她看見自己在她屋裡東張西望，還不定說出什麼來。他臉上冒汗，瞥眼看到床單下空蕩蕩的，情急中也沒空多想，蹲下身子一閃身溜進床下藏起，想等老太太上床睡著後再偷偷溜出來。

床底下被床單遮著，留有一尺寬的空隙，床角處有個扁瓷夜壺，上面蓋了塊方

第十三章　詭異老太太

木板，但還是散發出陣陣臊臭，田尋酒勁未消，被熏得幾欲嘔吐。

他怕被老太太發現，極力使自己靠著牆。他把頭低下，用下巴支著地面，從空隙中看到門被推開，一雙趿拉著黑絨布鞋的小腳慢慢走進來，踱到床前坐下，雙腳互相脫掉鞋子。

田尋明顯感覺到床下沉了一些，他在床底竭力屏住呼吸，生怕被老太太聽到。卻見老太太又蹬上鞋起身，緩緩走到那方櫃前面。

就聽老太太歎了口氣，自言自語地說：「唉，我可憐的老姐姐啊，我給妳上幾炷香……」

第十四章 李大夫

田尋心想，哦，原來是給那死老太太上供呢！又聽她繼續道：「老姐姐，這十幾年來妳一直孤零零地自己在三樓住，現在我幫妳找了個伴兒，過幾天我就讓他去三樓陪妳，妳看怎麼樣？」

聽到這兒，田尋嚇得心裡一咯噔：她這話是什麼意思？

又聽老太太低聲抽泣起來，只是聲音又像哭、又像笑，聽上去十分刺耳。哭了一會兒，老太太又慢慢走回床邊坐下，雙腳踢掉鞋剛要上床，卻又懸在半空中停住，好像忘了什麼事情。

田尋半臥在床下姿勢很彆扭，兩條胳膊也開始發麻發酸，心慌神亂，就盼著老太太趕快上床睡著，老太太兩條腿終於退到床上，看來是想睡覺了。

田尋悄悄長出一口氣，雙臂支撐身體換了個姿勢，把頭探到床外側耳聽老太太的呼吸聲，以判斷她是否入睡。

突然老太太的腦袋倒伸到床底下，一雙昏黃渾濁的眼珠直瞪田尋，尖聲叫道：

第十四章　李大夫

「你看什麼呢？」

田尋再也控制不住了，他嚇得大叫一聲，下意識用左手抓起那個夜壺擲出去，原以為準砸到老太太頭上，卻不想她靈活地縮回頭，夜壺撞到牆上打裂了，屋內臭味更濃。田尋迅速從床頭爬出來，在床下憋了半天氣，早累得氣喘吁吁。房東老太太滿面怒容，兩隻眼睛瞪得像鈴鐺：「你躲在我床底下幹什麼？」

田尋喘著氣說：「我……我屋子的玻璃窗被鞭炮崩壞了，想到您……到您這兒借塊玻璃補上，屋裡太冷了！」

老太太哼了聲：「你在偷聽什麼？」

田尋心中有鬼，連忙說道：「不是不是，我以為您在裡屋就進來找您，可您沒在，正趕上您回來，我怕您誤會我偷您東西，才……」

老太太嘶啞著道：「你打壞了我的尿壺，得賠！」田尋連連點頭：「好好好我賠，明天我就去給您買個新的，買個最好的……」邊說邊逃命似地出了屋子，跑上二樓插好門，再用木桌子將門頂死，也不管屋裡冷，關燈後鑽進被窩睡覺。

這一宿覺睡得很遭罪，幸好有這床KITTY貓的鴨絨被，否則非凍出類風濕不可。爬起來一看天已大亮，窗戶上從鞋盒堵著的縫隙裡，仍然飄進鞭炮那種特有的硝石味道。田尋揉揉眼睛鑽出被窩，正要下地出門，忽然發現昨晚頂在門上的木桌居然又回到了牆邊！

田尋傻了，他努力回憶自己半夜是上廁所了，還是自己夢遊把木桌搬回去的？想了半天也沒結果，乾脆也不去想了。開門到外面洗了把臉，將桌上昨晚的剩菜胡亂吃幾口，收起手機出了門。

大年初一，街上滿地都是紅色的鞭炮皮，這種偏遠地區清潔工分配得也少，鞭炮皮被風刮得到處都是。

田尋緊裹了裹羽絨服，順小路向東拐了幾個彎，一直走到大道邊的車站牌前，看到一家三口腳邊放著水果盒和酒盒在等車，看樣子應該是去老丈人家的。田尋上前先拜了個年，說道：「望花人民醫院在這附近嗎？」

那男人戴著眼鏡，一副文質彬彬的模樣，笑著答道：「就在這裡坐269路車，四站之後下車就能看到了！」

不多時269路車來了，上車坐了四站下來，果然站牌對面就是一幢五層小白樓，上面鑲著紅字「瀋陽市大東區望花人民醫院」，下面還有行小黑字：三級乙等醫院。

進大門來到門診大廳，看病的人不多，有幾個捂著眼睛和耳根的人包著紗布坐

第十四章　李大夫

在病床上，看樣子是昨晚被鞭炮給炸傷的，田尋不由得想起昨晚玻璃被炸的事來。這種小醫院規模不大，服務也很一般，所以也沒有導醫員上前問話，田尋想直接上二樓看看，卻被樓梯口桌前坐著的人攔住伸手要掛號單，田尋心想這收費是跑不掉了，就說要上神經科，那人說神經科在三樓，但今天是初一，外科之外的所有部門現在全部休息，晚上七點才開診兩個小時，九點下班，要看病晚上抓緊時間來。

田尋頭回聽說醫院也有休息的，沒辦法，只得在附近找了個網吧泡了大半天，好容易挨到晚上，在街邊胡亂吃了碗麵條，七點剛過就又回到醫院。

他以為自己算早的，卻沒想到掛號處已經站了長排，原來不光是神經科，其他所有診室如耳鼻喉、內科、婦科和肛腸科等都是七點開診，至少有三十多人在排隊，田尋無奈只得站在排尾，近一個小時才輪到自己。

先花五塊錢掛了號，然後他立刻上二樓按照門楣橫條上標的字找到神經科。進去之後，見辦公桌前坐著一個四十歲左右的中年男醫生，身材高大健壯，國字臉上架著副玳瑁眼鏡。旁邊還有個年輕女護士，長相普通，但生得唇紅齒白、豐滿白胖，兩人正低聲調笑著，見田尋進來，那男醫生連笑容都懶得收起，笑著對田尋一擺手：「坐下，掛號單。」

田尋把掛號單遞給大夫，問：「我想找神經科的李大夫。」

這大夫推了推鼻樑上的眼鏡，低頭在掛號單上簽字：「我就是李大夫，有什麼症狀。」

田尋說：「感覺……頭有點不舒服。」

李大夫頭也不抬：「具體症狀是什麼？哪一側？什麼時間疼？每次疼多長時間？由什麼引起的？」

田尋想了想說：「我好像覺得我的頭丟了，你知道我的頭在哪兒嗎？」

旁邊那女護士正用暖水杯喝水，聽到田尋說出這句話，一口水噗地噴了滿牆，差點沒笑嗆了。

那李大夫剛笑出半聲，卻又停住了，神情疑惑地上下打量田尋，那女護士還在旁邊嬉笑，李大夫乾咳兩聲，問道：「是不是偏頭痛導致有些神經衰弱，或者有時候也有幻覺出現，比如幻視、幻聽……」

田尋接口道：「比如有時候覺得自己的頭不見了，或者離開身體飛走了。你看，我的頭已經飛出窗外，它就在那裡……」

田尋邊說邊指了指大門，李大夫滿臉驚愕，那女護士卻笑得直不起腰來，咯咯嬌笑：「你呀，走錯門了吧？你應該到精神病院去掛號才對，我告訴你坐哪路車……」

田尋卻一本正經地說：「李大夫，我是孤獨的，如果午夜你醒來，也許會看到我在你的床前。」

女護士笑得直咳嗽，那李大夫卻慢慢站起來，先抬腕看了看錶，再衝那護士一擺手：「妳先去樓下休息吧，這個病人的偏頭痛很嚴重，已經開始壓迫神經，我要給他好好檢查一下。」

隨後對田尋說：「請跟我來，到B超室去檢查一下。」那女護士笑著還要說什麼，李大夫把眼一瞪：「我沒跟妳鬧著玩，快出去！」

女護士嚇得把笑容硬嚥回去了，她極不情願地站起來，狠狠瞪了李大夫一眼：「凶什麼凶？真是的！」扭著豐滿結實的屁股出門去了。

田尋跟著李大夫出門上到四樓，拐了幾個彎來到門上標有「B超聲波檢查室」的房間，李大夫先將田尋讓進去，隨後左右看了看四下無人，這才把門反鎖，又進了一間屋，裡面有張病床，床邊放置著一台彩色超音波機器。田尋大大咧咧地坐在病床上，李大夫回手關上門，急切地問：「是老古讓你來的？」

田尋看了他一眼，面無表情地點了點頭：「算是吧！」

李大夫疑惑地問：「什麼意思？出什麼事了？我可是一直與老古單線聯繫的！」

田尋乾咳一聲：「你猜呢？最令人擔心的事情發生了。」

李大夫驚道：「什麼？老古沒收到錢嗎？」

田尋又點點頭。李大夫說：「這……這不可能啊！他取到錢之後，都會在我醫院的住院處牆角給我留記號，我半個月前就收到記號了啊！」

田尋心想這招見效，立刻順著他說：「你看到的記號是假的，老古早就跑了！」

李大夫呼地站起來：「跑了？他……他怎麼會跑？不可能，絕對不可能，我的那份他還沒給呢！」

田尋將他的話在大腦裡急速分析，同時表情上還得裝出冷笑：「我的那份也沒給，你看怎麼辦？」

「這個混蛋古作鵬，居然把我們大伙都給耍了！」李大夫猛捶桌子，忽然想起了什麼，又問道：「你是怎麼知道的？」

田尋道：「古作鵬和那個漂亮妞是同時消失的，這還用說嗎？但凡不是老年癡呆就能猜得出。」

「姚雪穎？她也跟著跑了？我操他媽的！這對狗男女！」李大夫大聲怒罵。

田尋掏出手機說：「我也不知道他們倆是哪天跑的，上個月她還給我發過幾張照片，你看。」說完將假唐曉靜那幾張內衣照給李大夫看，李大夫只看了一眼就開罵：「這個姚雪穎，不要臉的臭女人，我早就看出來他們倆有貓膩，沒想到還真是這回事！」

田尋收回手機，說：「是啊，我們倆都讓人耍了，你有什麼主意？」

李大夫從白大褂口袋中掏出一根白沙煙點著，大口接大口地猛吸。田尋笑道：「醫院裡嚴禁吸煙！」

李大夫好似沒聽見，邊吸邊在屋裡來回走，自言自語地道：「他媽的，不行，必須得找到他們，這對狗男女，不能便宜了他們！」

田尋問：「關鍵是怎麼找？反正我現在是找不到他們，你最後一次見到姚雪穎是哪天？她都說了什麼？」

李大夫恨恨地道：「三個多月前，我就見過她一面。這臭女人信誓旦旦地說會分給我三成，他媽的卻放我們鴿子！」

田尋假裝歎了口氣：「沒辦法，誰讓你我沒能耐，找不到人家呢，算了吧，自認倒霉！」

「不行，我、我嚥不下這口氣！」李大夫把大半截煙桿狠狠擲在地上，又補上一腳，「你見過姚雪穎嗎？」

田尋腦子轉了轉，搖搖頭：「沒有，她很謹慎，從來都是留言給我，從不和我見面。」

李大夫又問：「這麼說，你只見過她的照片，而她不知道你的長相？」

田尋點點頭，李大夫哼了聲：「好！」操起桌上紙筆刷刷寫了幾個字，折好後交給田尋：「沒見過就好，我和她碰過面不好出頭，兄弟，這是我知道的僅有線索，全靠你了！」

田尋剛要打開紙條，李大夫卻阻止道：「回家再打開，這裡人多眼雜免得引人懷疑，說實話，我在這裡已經露了點尾巴，千萬別搞砸了！」

田尋把紙條收起剛要走，李大夫又說：「等會兒，你上病床躺下！」田尋不解，依言躺到病床上，李大夫開啟彩色超音波機器電源，用透視器在田尋腦門上照了一會兒，再按動彩色屏幕下方的電鈕拍了幾張片子。折騰了半個多小時，最後填了張處置單交給田尋，這才讓他起身離開。

出了醫院已是九點多，田尋拐了幾個胡同，在偏僻處打開紙條用手電筒一照，見上面寫著：

鴨綠江街94號2幢

田尋心頭一陣狂喜，太好了！終於有了線索！他一刻也不想耽誤，立刻招過一輛出租車，將地址告訴司機。

出租車順望花北街駛出幾公里後左拐，來到一處丁字路口又朝右拐，田尋越看越覺得眼熟，直到車子摸黑在他租的那幢舊灰樓前停下，司機回頭憨笑道：「哥們，到地方了。」田尋差點沒氣死。

下了車，田尋仔細看了看樓側貼的藍牌號碼，原來這幢樓就是鴨綠江街94號2幢。自己費了九牛二虎之力，原來只是兜個大圈子，又回到了起點。

他簡直沮喪到了極點，除了知道那個假唐曉靜真名叫姚雪穎之外，就是李大夫是她和古作鵬之間的引信人，三人為一個詐騙團伙。

田尋餓得不行，先去那個抻麵館要了一碗麵打包，然後才拖著身子回到舊樓。

上二樓剛要拿鑰匙開門，忽然鼻中嗅到一股淡淡的香味，有點類似檀香和麝香的混合味道。田尋很納悶，自從他進到這舊樓裡就從來沒聞到過任何香味，因為這樓裡只有老太太自己住，她當然不可能用香水或香粉，而且她做飯的味道極為難聞，相信年輕時也不是個好媳婦，所以現在聞到這股淡淡的香味覺得非常意外。

田尋心想：難道是假唐曉靜來過？可她用的是什麼佛羅倫斯鳶尾花的香水，和這個味道完全不同。或許是老太太的親戚來串門？這倒是有可能，大年初一來幾個親戚也屬正常。他開門進屋關上門，香味頓時消失了，看來這用香水的人並沒有進屋，再仔細查看屋裡擺設也沒什麼不同。

田尋坐在桌前邊吃麵條邊想，半天也沒理出什麼頭緒來，就隨手拿過手機亂擺弄。

他調出假唐曉靜的那幾張內衣性感照片，邊看邊回憶以前在公司裡和她交往的情形，看了一會兒，無意中按了進入互聯網的快捷鍵，忽然心念一動，想起曾經在女性雜誌上看到有介紹，說好香水都有三種味道，分別為前味、中味和後味，每種味道完全不同。

想到這，他連忙打開手機版谷歌搜索引擎，輸入「佛羅倫斯鳶尾花」和「檀香」、「麝香」三個關鍵詞，按下提交鍵。

手機版的搜索引擎非常慢，田尋這部手機又是正宗的國產山寨機，其速度之慢更是令人忍無可忍，難以用語言形容。過了約五分鐘搜索結果才出來，其中有一條標題是「典型西班牙風情香水……LOEWE馬德里天光女士專用……中味佛羅倫斯鳶尾花香……後味檀香、麝香……」。

田尋一看到這條消息立即選中，裡面詳細介紹了這款叫「LOEWE馬德里天光」的西班牙著名香水品牌的三種味道分別是什麼，其中的中味和後味完全符合事實，他清楚記得當時那叫姚雪穎的假唐曉靜對他說過，她用的香水是爸爸從西班牙帶回來的，看來九成就是這款。

這麼說，這香水極有可能就是姚雪穎身上散發出來的，也就是說她今天很可能到過舊樓。她來幹什麼？難道真是回來取東西，而自己剛巧不在？可如果她來自己房間取東西，不可能沒留下半點香味，也就是說，她並沒有進屋，或者準確點說，沒有進這個房間，那她來幹什麼？

田尋立刻從床上彈起開門出屋，在走廊裡來回踱步，努力尋找味源，發現香味只存留在二樓，而一樓和三樓都沒有，走廊左右各有一間屋，但都上著陳年舊鎖，當時老太太說過，這兩個屋閒了好幾年都沒人住。

田尋用手電筒一照，忽然發現左邊那個房間的門鎖有幾個清晰的指印，上面明顯沒有灰塵，好像有人動過。

田尋心中一動，四下看了看無人，用力扯那鎖，鎖得緊緊的根本扯不動，這下可麻煩了，自己也不會開鎖啊！卻看到鎖座的螺絲釘都已經有些鬆動，田尋暗喜，連忙進屋取出指甲刀，把手電筒咬在嘴裡照著亮，分出平頭指甲銼開始擰那螺釘。

指甲銼畢竟不比螺絲起子，擰起來很費力，好半天終於將四顆螺釘全部起掉，慢慢推開門朝門縫裡照去，首先看到一張露著木條的光板硬床，上面連被褥也沒有。除了發霉氣味之外，那種香水味比外面更濃一些。田尋猜測姚雪穎肯定進過這間屋，於是閃身進來反手把門帶上。

第十五章　停屍間祕道

這屋裡除了床之外就是一個老式大木櫃，地板上落了厚厚一層灰。田尋蹲下用手電筒仔細觀察地面，果然發現幾個淺淺的印子，前面是三角形，後面有個細小圓坑，從形狀看應該是那種女人穿的高跟鞋、或是長靴的鞋印。

她來這個房間幹什麼，為什麼不去她曾經住過的房間？難道是房東老太太告訴過她我在這裡？就算告訴了她，那她的反應也應該是立刻逃掉，卻到這個長年無人住的破屋找什麼東西？

田尋先查看床底，什麼都沒有，屋裡只剩靠牆擺放的那個陳年大櫃子。這櫃子也不知道本色是什麼，又黑又舊，櫃頂飄著灰網和蛛絲，四扇櫃門上依稀可見一些浮雕裝飾，但已完全看不出形狀。櫃門上斜掛著一個被開啟的老式橫插銅鎖，田尋伸手拉開櫃門，裡面飄出陳舊的木油味，探頭進去四下一照，裡面空空如也，連半隻老鼠也沒有。

櫃子最裡面鑲著一個突出物，看不清是什麼，田尋乾脆鑽進櫃子裡仔細一看，原來是個掛鉤，正想鑽出來，腳下卻稍微晃動了一下，田尋怕把櫃子給踩漏了，連忙伸腿挪步，這麼一蹬，腳下有塊木板應聲滑出半尺。

這是什麼？田尋開始還以為是櫃子被踩壞了，手電筒一照才發現，原來櫃底竟然是活的，下面是個暗道！

田尋登時來了精神，蹲下一照，這暗道是方形的，依牆而下，還嵌著簡易鐵梯。田尋雙手撐地把頭探下去仔細聞味道和聽聲音，裡面只有空氣流動聲和陰潮氣味。他把心一橫，將手電筒光源朝下叼在嘴裡，俯身抓住鐵梯下了暗道。

他小心翼翼地順梯慢慢往下爬，約莫下了七、八米左右腳就踩到了地。轉身取手電筒一照，面前是個平行的通道，又窄又矮，只有彎腰才可勉強前進。四周伸手不見五指，田尋的手電筒是地攤上買的便宜貨，五塊錢一支，光線暗得可憐，在這種環境下，田尋只有用手電筒上下左右仔細照上半天才敢前進。天本來就冷，這地道中更是陰潮無比，比冰箱的製冷室還厲害。田尋邊走邊想：這地道是誰建的？為什麼把入口修在舊樓的大櫃子裡？有什麼用意？

又走了大約二十多米，地道向右拐了幾個彎，鼻中似乎嗅到一股什麼說不出的味道，又走了十幾米，氣味越來越濃，像消毒水，又類似殺蟲劑，卻又與醫院那種

第十五章　停屍間祕道

消毒水的味道有區別，聞上去令人不舒服。田尋對這種氣味十分反感，不由緊捂鼻子，可氣味還是從手指縫中鑽進鼻孔。

地道越來越窄，也越來越矮，到最後幾乎就是蹲著爬行，田尋把手電筒咬在嘴裡，手腳並用呼嗤呼嗤地邊爬邊想：這地道不會是給狗用的吧？忽然面前拐個小彎，沒路了。封死的地面有個土台階，田尋踩著台階往上面摸去，碰到一塊冰涼平整的鋼板，雖然現在是冬天，但這塊鋼板顯然溫度更低，應該是用低溫處理過，觸手異常冰涼。

田尋把耳朵貼在鋼板上聽了聽，沒有任何聲音，屈起食指輕輕敲幾下，也沒反應，雙手貼在鋼板上用力一搓，嘩地輕響，鋼板應聲滑開，原來是個活抽板。

田尋暗喜，再依法炮製，將鋼板側向滑開三尺左右，露出裡面黑洞洞的空間。

空間裡消毒水氣味更濃，中人欲嘔，田尋連忙屏住呼吸，手電筒探進去一照，見裡面是個用鋼板圍成的長方形空間，長約兩米五、寬一米有餘，裡面飄著淡淡的寒氣，好像是一個大冰櫃，只聽到空氣流動的呼呼聲。

田尋把雙手伸進去撐起身體，慢慢爬進冰櫃，用力去推堵頭那塊鋼板，說什麼也推不動，用腳再去蹬身後那塊，也沒反應，田尋心想：難道這是條死路？忽然心念一動，雙手貼住上面的鋼板，同時身體用力蹬勁，嘩的一聲，冰櫃居然像抽屜似地整體向外滑動一段，頭頂的鋼板也露出邊緣。

田尋大喜，手腳並用幾次用力，冰櫃滑出一米多，同時耳中空氣流動聲明顯變小，看來是與外界相連。田尋雙手把住頭頂鋼板的邊緣用力一扳，將冰櫃全部滑出。

他坐起來，取下嘴裡咬著的手電筒四下一照，見這裡是個寬敞大廳，陰冷陰冷的，四壁無窗，到處都是一排排同樣的鋼板冰櫃，此外並無他物。這是什麼地方？田尋大腦裡跳出一個恐怖念頭。

這冰櫃處在最下一排，幾乎緊挨地面，他翻身爬出來，這廳中消毒水味道十分強烈，幾乎熏得他要昏倒。田尋無奈只得從口袋裡找出一條手帕摀住鼻子。這大廳裡除了成百上千個冰櫃之外什麼都沒有，田尋仔細照了照身邊的一個冰櫃門，鋼板門上有拉手，還插著一張寫有編號和姓名的紙片。

他伸手握住門拉手，想拉開可又有點害怕，胳膊都直發抖，在強烈的好奇心驅使下一狠心，用力將冰櫃抽出，舉手電筒往裡一照，裡面赫然是一具凍硬的、臉上掛著白霜的老年屍體！

第十五章　停屍間祕道

田尋嚇得慌忙將冰櫃推上，後退好幾步，心臟怦怦亂跳，雙腿瑟瑟發顫。其實他早猜到是這回事，可一是好奇，二是為了仔細調查線索，結果差點沒嚇死，但現在也果然證實了自己的猜測：這裡是瀋陽市殯儀館停屍廳。

廳裡好像有空氣壓縮機製冷，氣溫絕對不超過零上，再加上他這輩子第一次大半夜跑到殯儀館停屍廳裡，不由得渾身直打冷顫。舉手電筒四下照了照，手電筒射出的光柱在廳裡呈現出淺藍色，這種顏色讓田尋聯想到早期香港的鬼片基本上都是這種色調。他從一排排停屍冰櫃走過，忽然發現有個漆成白色的金屬門，田尋心想，這裡有溫度調節裝置，肯定門是鎖著的，看來搞不好還得順原路爬回去。

走到金屬門前伸手一拽，沉重的鐵門卻應聲移開，竟沒上鎖！田尋十分意外，謹慎地舉手電筒順門縫向外照，見外面是個走廊，靜寂無聲。田尋溜出來，走廊溫度比停屍廳要高些，左右各延伸出幾十米，田尋左顧右盼地看了半天，見左邊有一扇對開落地玻璃門，門裡面擋著厚厚的黑色絨布門簾。

田尋伸手擰了擰門把手，仍是沒鎖。慢慢推開玻璃門，還沒等撥開厚厚的黑絨門簾，鼻中先聞到一股消毒水和香粉的混合氣味。

真奇怪，殯儀館裡怎麼有香粉味？田尋疑惑著慢慢探頭進去，手電筒照處發現這也是一個寬敞大廳，擺著十幾張類似醫院裡的那種底下有輪的大病床，有的空著，有的似乎躺著人，上面蒙著白布，清晰可見白布下的人體。大廳對面有一道白漆門，門楣上方亮著「EXIT」的紅燈，似乎是個出口。

這種消毒水和香粉氣味的組合實在難聞，要不是田尋鼻子摀著手帕估計早被熏翻。再看四周，見左邊有個大方桌，上面有很多圓形塑料瓶，高高低低、大大小小，都是白色的，田尋走近一看，旁邊還有一個大方盒，裡面擺著整整齊齊的刷子、畫筆之類的東西，怎麼看怎麼像化妝用的，旁邊還有針和蠟線、兩把長柄手術刀。

田尋拿起一個塑料瓶，擰開蓋子湊近鼻子遠遠一聞，原來是香粉，這下田尋明白了：這間屋子是專門為屍體化妝的妝屍間，這些香粉就是用來化妝的，只不過專給死人用，那些針線和手術刀想必就是縫合被破壞的屍體用的，比如：交通肇事。

做這個行業的人稱為美屍工，正式名稱叫屍體美容師，其隊伍中不乏年輕漂亮的女性，這行業雖然令人反感，但聽說待遇極為豐厚，相信並非常人能勝任得了。

田尋不敢多耽擱，開始躡手躡腳地穿廳而行，悄悄走向對面那扇白漆門。

忽然，田尋鼻子裡似乎又聞到另外一種香味，這味道很特別，但又非常淡，田尋移下蒙在鼻子上的手帕，仔細在空氣中極力捕捉，如果不是他對這種味道極為熟

第十五章　停屍間祕道

悉，幾乎無法分辨得出。

沒錯，這就是那個什麼佛羅倫斯鳶尾花的味道。

田尋天生嗅覺靈敏，這可能與他極少抽煙和飲酒有關。他心頭狂跳，難道姚雪穎也來過這裡？她從舊樓的大木櫃裡來到這，究竟要幹什麼？

他邊走邊警覺地用手電筒環射四周。廳裡這些病床擺放並不整齊，有直有斜、稀稀落落，其中一張床就橫在廳正中擋著，而且還與其他床相連，田尋必須將它推開才能繼續前進，無奈他只好抓住冰涼的床側板，慢慢向左移動。

這張床上躺著個人，全身都蒙著白布，胸前部分呈尖狀突起，不知道有什麼東西，也許是死者生前戴的某種飾物。田尋慢慢將床向左挪動，床底下四隻輪子可能長時間沒上潤滑油，運轉不暢，又吱吱作響，聲音在寂靜的大廳裡十分明顯，甚至有些刺耳，田尋推起來也有些費力，床上的屍體也跟著左右晃動。

他邊推邊緊張地環顧四周，生怕這刺耳聲響會吵醒什麼人。忽然床上躺著的屍體左臂慢慢從白布裡滑出，剛好碰在田尋手腕上。田尋心裡毫無準備，啊的脫口驚叫、慌忙後退，心差點跳出腔子。

這顯然是一隻女人的胳膊，纖細修長，穿著薄薄的深藍色羊絨衫，指甲塗著鮮紅的豆蔻，裸露的手腕上戴著一隻女式手錶，在手電筒照射下慘白毫無血色。田尋靠在身後的空床邊定了半天神，才慢慢緩過來。心想幸虧我年輕，不然非嚇出冠心病不可。

與此同時，鼻中那種佛羅倫斯鳶尾花的香味似乎更濃了，田尋壯著膽子舉著手電筒，蹲下慢慢湊近那具女屍的胳膊，湊得越近香味越濃，田尋心中暗驚，一種不祥預感湧起。

忽然田尋看到女屍手腕上有個黑痣，他大驚，因為當初在林氏瀋陽分公司時假唐曉靜的左腕上也有個同樣的黑痣，那時田尋還取笑過她說這顆黑痣像一粒老鼠屎，勸她去美容院用激光打掉。

田尋再也無法抑制，他站起身來深吸口氣，猛地一把扯掉白布！

假扮唐曉靜的姚雪穎平躺在屍床上，身穿深藍色羊絨衫，長髮散落床上，兩隻空洞無神的眼睛圓睜，驚恐地瞪著天花板。嘴唇大張，似乎想要大聲說什麼，胸前一柄寒光閃閃的不銹鋼手術刀直沒至柄，鮮血浸滿羊絨衫，把深藍色染成了暗紅色。

田尋渾身顫抖，無力地後退幾步靠坐在身後的空床上，感到陣陣窒息、幾欲

第十五章　停屍間祕道

昏倒。

自她從林氏瀋陽分公司辭職失蹤幾個月以來，田尋一直千辛萬苦地找她，力求洗脫自己的罪名，沒想到現在雖然找到了，她卻變成一具冰冷的、再也不能說話的死屍。

田尋無力地垂下腦袋，右手扶著額頭想支撐起身體，可手臂卻絲毫用不上勁。

他努力穩了穩混亂的大腦，重新走到姚雪穎屍體前，伸指摸了摸她羊絨衫上的血跡，血已經凝固多時，這妝屍間溫度很低，血液也凝結得很快，無法猜測死亡時間。但從常理講，殯儀館一年四季全年無休，晚上下班時間最晚也超不過七點，而且下班後也應該有更夫檢查、鎖門。因此可以猜測，她的死亡時間在晚九點之後。

抬腕見時間指向十點三十分，這麼說來，姚雪穎被殺應該不超過一小時，那又是誰幹的呢？兇手在哪？為什麼要殺害她？

田尋仔細用手電筒上下照姚雪穎的身體，想再找些線索，忽然聽到遠處隱約傳來一聲低響，似乎是關閉金屬門的聲音，聲音離得很遠，不知從哪裡傳出。田尋警覺地跑到標有「EXIT」字樣的白漆門前伸手擰門把手，還是沒有上鎖，他開啟一道細細的縫，遠遠用光柱照去，走廊死一般安靜，聲息皆無。

他想了想，從空床上拽下兩張白布反覆纏在自己的大頭皮鞋上，以免鞋跟敲擊地磚發出聲響，隨後悄悄出了妝屍間。剛才的低響似乎從左側傳來，於是他慢慢向走廊左側摸去。

走廊很長，也很黑，只有兩扇相隔甚遠的白色鐵門楣上亮著暗紅小燈，更顯詭異。來到走廊盡頭發現沒了路，田尋只得再折回來。經過一扇白漆鐵門時，他伸手用力推了推，只有半扇門能推開，鑽進去手電筒一照是個長條大廳，正前方是個木製講台，牆上掛著一幅巨大遺像，是個老頭，兩側有黑底白色的輓聯，遺像上一行大黑字：

沉痛悼念齊寧一老先生千古

講台前一圈都是鮮花和花圈，原來這裡是哀悼廳。田尋雞皮疙瘩都起來了，他實在不想在這陰森恐怖的殯儀館裡到處觀光，見大廳對面有個小門，連忙跑過去推門而入。

剛一進來就傻眼了：這大廳怎麼如此眼熟？裡面橫七豎八擺著很多張床，就是剛才的妝屍間。

怎麼又轉回到這裡了？回頭一看才知道，這扇小門沒窗子，顏色也和牆壁渾然一體，如果不是特地留意，在黑暗中很難發現這還有個門，也難怪剛才沒注意。

田尋舉手電筒在妝屍間一晃，見姚雪穎那可憐的屍體仍然躺在床上，想起以前在公司裡和她的種種，想起她的一顰一笑、她用美妙身體擁抱自己的時候，田尋心口不由得一陣發酸。多麼漂亮、多麼熱情似火的女孩，活蹦亂跳的，而現在卻是一具冰冷屍體。

他來到她身前，伸手將那雙未瞑目的眼皮抹上。

突然，田尋發現原本插在姚雪穎胸前的那柄不銹鋼手術刀不見了！

田尋大驚，立刻下意識轉身抬手電筒四下照去，妝屍間裡死一般寂靜，只有周圍幾張床上蒙著白布的屍體靜靜躺著。

再看姚雪穎，胸前的刀確確實實沒有了，田尋一向不信鬼神，這刀也不會自己長翅膀飛走，自然是被人給拔去的，這人很可能就是兇手，他沒有走遠，而且還是有意無意地在跟自己捉迷藏，在自己離開妝屍間去哀悼廳時，偷偷潛進來做了這一切。

他努力回憶所到過這些地方的佈局，自己剛才是從停屍間進到妝屍間，那停屍間只有一個出口，兇手自然不可能從停屍間出來。而哀悼間通向妝屍間的這個小側門，那兇手也不可能緊跟自己屁股後頭作案，那就只剩一種可能：兇手從剛才走廊的第二扇白漆鐵門出來的，那扇門離妝屍間很近，裡面是什麼地方，自己還不知道。

田尋心有點慌，一想到有個窮凶極惡的兇手居然在暗中盯著自己，身上就發毛，這兇手既然敢殺姚雪穎，也就敢殺自己，他必須自保！

第十六章　大煉活人

環顧四周，似乎沒什麼可用來當武器的東西，忽然田尋跑到那張大木方桌前，兩把長柄手術刀還靜靜地躺在化妝粉旁，拿起一看，刀刃很鋒利，在微弱光源下閃著點點寒光。田尋將其中一把手術刀別在皮帶上，左手緊握另一把，右手持手電筒，仍舊從那扇標有「EXIT」的大門走出，走廊裡還是那麼安靜，田尋貼著牆壁慢慢來到第二扇白漆鐵門前，用左腳的腳尖輕輕抵著鐵門，慢慢用勁往裡頂。

鐵門緩緩動了幾動，露出一條縫，看來沒上鎖。田尋抬腿分別將兩扇門慢慢踹開，抬手電筒向裡照去，見空蕩蕩的大廳當中有個金屬方箱，方箱足有十五米長，從地面一直延伸到對面靠牆的一個巨大的長方形鐵皮鍋爐裡。

這鐵皮鍋爐高五米左右，上部呈半圓形，由兩根方形鐵管引向天花板，鍋爐前面有半圓形鐵門，外圈釘著密密的鉚釘。金屬方箱最前端放著一張鋼板床，兩側垂著黑幔布，床板上另有一層鋼板，中間用鋼球隔開。床底下兩側裝有滑輪，架在兩條鐵軌似的工字鋼滑道上。鍋爐左側有個控制台，上面有三個檔桿和幾個按鈕，最上方還有個鍘刀電開關。

這些東西不用見過，一猜就知道是做什麼用，這大廳很寬敞，田尋靠貼門外兩側牆壁，分別用手電筒向廳內兩側照射，見並無人影躲在角落，這才悄悄邁步進來。

再仔細用手電筒環照四周，沒發現有人躲著，田尋心裡納悶：這兇手在什麼地方呢？

剛想到這兒，就覺右後側風聲颯然，連忙回頭看，見一個黑影從那鋼板床底的黑幔布中滾出，猛撲向田尋。

田尋大駭，「啊」的一聲連忙向後躲，當初姜虎在新疆時曾經教過他，一旦有人從正面猛撲襲擊，盡量不要往後退，而是要斜向側退步，繞到敵人側背後再出手還擊，基本上一擊必中。可田尋畢竟不是練家子，臨敵時早把這些口訣忘在腦後，嚇得直往後躲。

這黑影速度很快，轉眼間已經來到田尋近前，右手寒光一閃奔胸口就來。田尋大腦閃念，知道這人手裡拿的是什麼，忙亂中想用左手去橫抓對方手腕，卻忘了左手還握著那把手術刀，這橫抓變成了橫切，「噹」的一聲刺耳聲響，兩把手術刀碰在一塊，田尋只覺手腕發麻，刀險些脫手。

第十六章　大煉活人

那黑影左手一拳搗出，正擊在田尋鼻樑上，砰地將他鼻骨打裂，鼻血長流。田尋一聲悶哼向後蹬蹬連退好幾步，黑影舉手術刀猛刺向他左胸，田尋用手電筒砸下，裝有三節乾電池的長柄手電筒正砸在對方的刀上，黑影手腕一歪，嘴裡「咦」了聲，似乎有點意外。

這聲「咦」也令田尋十分驚訝，他似乎在哪裡聽到過這聲音，覺得極為熟悉，手電筒光柱晃動中，見這黑影穿著一件套頭的連身黑色雨衣，衣帽簷壓得極低，根本看不到臉。他不敢多想轉身就跑，黑影大跨步追上，掄拳擊在田尋左肋下，田尋疼得四肢無力，肋骨好像斷了，忍不住叫出聲來，兩腿一軟就要跌倒。黑影上來雙拳左右開弓，打得田尋滿臉鮮血倒在地上。

黑影見放倒了田尋，嘿嘿地笑了，田尋猛然聽出：這人竟然是李大夫！

田尋躺在地上咳嗽著，嘴裡往外直噴血沫子，左手無力地抬起指著李大夫，說：「你……原來是你……」

李大夫把頭上的連衣雨帽放下來，走到田尋身邊撿起手術刀收進口袋，再拍了拍手電筒後座讓燈泡更亮些。田尋掙扎著想站起，李大夫飛腿踢在他鼻子上，田尋悶哼一聲，鼻血噴在牆上，這回鼻骨徹底折斷，田尋只覺大腦中七暈八素，耳邊嗡嗡作響，鼻子裡酸辣辣發熱，一股熱流汩汩直往外冒。

模糊中看見李大夫不緊不慢地走向控制台，先將鍘刀電開關合上，大廳裡頓時亮如白晝。刺目光線中，田尋看到牆壁上貼著八個大黑字：焚屍重地，閒人莫入。

李大夫把手電筒扔掉，又將旁邊兩個檔桿推上去，那巨大鍋爐發出幾聲輕微的軋軋聲。他再按幾個按鈕，從金屬長箱裡又傳出類似傳送帶運轉的聲音。李大夫再次來到田尋身邊，彎腰揪著他羽絨服的後領，把田尋向鋼板床的方向拖去。

田尋臉朝下貼著地板，鼻中鮮血不停外湧，在地上拖出一道血印。他意識開始有些模糊，看著李大夫那張猙獰的笑臉，眼睛幾欲冒出火來。李大夫似乎看出他心中的憤怒，邊拖邊嘿嘿笑著：「不用瞪我，要不是你緊跟著非要找到我，我也不會對你下手。」

他把田尋拖到鋼板床邊，雙手抱起扔在床上，順滑道推著鋼板床往金屬方箱裡推，邊推邊說：「其實我今晚什麼都沒得到，雖然找到了姚雪穎，可這臭娘們嘴比石頭還硬，居然不告訴我古作鵬的下落，還要跟我動刀，我一氣之下就宰了她。」

田尋咳出幾口鮮血，有氣無力地說：「你……你到底為誰工作？為什麼非要殺……殺我？」

第十六章　大煉活人

李大夫哈哈大笑：「都快死的人了，還問這麼多幹啥？相信你肯定沒見過大煉活人吧？今晚算你走運，可以親自體驗一回什麼叫『在烈火中永生』，哈哈哈！」

說話間，李大夫已經將鋼板床推進金屬方箱的入口處，他把鋼板床的床頭對準方箱入口兩側的金屬夾板，伸手去轉方箱兩側的圓輪開關，鋼板床的上層被油壓千斤頂漸漸抬高，嵌進方箱入口的夾板。

李大夫再把下層的鋼板床撤掉，轉身再次走向控制台。邊走邊自言自語：「真是他媽的竹籃打水一場空，殺了兩個廢物卻沒得到一分錢，還得冒這麼大風險，真是蠢到家了！」

田尋口鼻雖在流血，但意識卻逐漸清醒，想起自己皮帶上還插著另一把手術刀，側頭見李大夫走到控制台前，田尋嘴裡假裝咳嗽，左手悄悄從腰間皮帶上抽出那把手術刀。

李大夫按了控制台上並排的兩個紅色按鈕，田尋身底下鋼板床猛地一震，隨即軋軋響著向金屬方箱內平移。李大夫則笑瞇瞇地雙手抱在胸前看著他。

田尋半個身子已經進到方箱內，他極力側頭看著李大夫，張嘴說了幾句話，可聲音卻被傳送帶的轟鳴聲蓋住，李大夫笑著一揚下巴，衝田尋做了個鬼臉。方箱已經到了田尋腰間，田尋盡力大叫：「我知道……知道古作鵬……古作鵬在哪裡！」

李大夫似乎聽清了，連忙伸手按停傳送帶：「你剛才說什麼？」

田尋假裝脫力不支，躺倒在鋼板床上，嘴裡小聲嘟囔：「古作鵬……古作鵬，他就躲在……躲在……」

聲音越來越微弱，李大夫卻聽得一清二楚，他連忙飛跑到鋼板床邊，急切地問：「你說古作鵬什麼？他躲在哪？」

田尋光張嘴不出聲，李大夫急得俯下身子，把耳朵湊到他嘴邊。

突然田尋左臂快速掄出，手術刀猛扎在李大夫右肋下，李大夫猝不及防，疼得慘叫一聲，登登後退幾步坐倒。

田尋這一刀是拼了老命的，因為他很清楚如一擊不中，自己就得被活活煉成骨灰，因此這一刀又快又狠，鋒利無比的手術刀穿透李大夫的雨衣和厚毛衣捅進肋骨縫裡，扎進去有兩吋多深。

李大夫疼得五官扭曲挪位，雙手緊緊抓著露在體外的刀柄，在地上來回打滾號叫，叫聲比鬼哭還難聽十倍以上。田尋支撐著翻身下來，用手抹了抹臉上的血，忍痛來到李大夫身前，冷冷地道：「李大夫，這感覺怎麼樣？」

第十六章　大煉活人

李大夫呵呵呼喝，腦門汗珠比黃豆還大，他嘴裡罵著：「我操你奶奶，你這個王八蛋，敢用刀扎我……我他媽宰了你，把你塞到煉人爐裡燒成灰，扔……扔進渾河餵魚！」

田尋火往上撞，飛起左腿踢他的臉，可腳上纏著厚厚的白布踢不狠，田尋取下雙腳皮鞋上的布，又踢了他一腳，這回把李大夫的鼻骨踢裂，可這種疼痛跟他肋下插著的手術刀比起來弱多了。

李大夫吭吭地噴出幾口血沫，喘著粗氣還在罵：「我……操你媽的，我非……非宰了你不可……」

田尋將白布撕成布條包紮好鼻子，問：「你受誰的指使，為誰工作？」

「嘿嘿嘿……」李大夫笑著支起上半身，「我受你老媽的指使！哈哈哈！」

田尋恨得直咬牙，抬腿要再踢，忽然心念一動，哼了聲道：「看來從你嘴裡也問不出什麼，那沒辦法，我就不浪費時間了！」

他來到控制台前，看到有兩個紅字按鈕，其中一個標有向上箭頭，另一個向下。田尋先按向上的鈕，方箱的鋼板繼續向裡傳動，連忙再按那向下的按鈕，把鋼板完全露出來。然後田尋來到李大夫面前，彎腰拉起他雨衣上的連衣雨帽拖向鋼板。

李大夫傷口牽動，疼得大叫。田尋罵道：「喊個屁！剛才你不還挺瀟灑的嗎？現在我也讓你體驗一下什麼叫『在烈火中得到永生』！」

李大夫驚恐地雙手亂揮：「不行不行，你不能這麼殘忍！你這個混蛋，就不怕生孩子沒屁眼嗎？」

田尋哈哈大笑：「我剛才差點被你給活煉了，命都丟了，還生個狗屁孩子？」

李大夫還在不停地說著，田尋已經把他拖到鋼板床邊，他費力地將李大夫拽進來按到鋼板床上，再將雙腿拎上去，李大夫極力掙扎抵抗，田尋兩記老拳打過去，將他扔上鋼板床。

隨後，田尋再到控制台按下紅按鈕，鋼板床從傳送帶慢慢進入金屬方箱。李大夫大叫著要往下爬，被田尋一腳踢回去。

鋼板床帶著李大夫隆隆地進入金屬方箱，鍋爐前的半圓鐵門自動開啟，忽然鍋爐外壁亮起一排紅燈，下面兩個圓形壓力錶也亮了，裡面的黑色指針跳了幾跳。

方箱裡傳出李大夫低悶的叫喊聲：「停下、停下！姓田的你這個王八蛋，快放我出來！你不能這麼幹，你會遭天打雷劈，你全家都不得好死，你爸媽都得下地獄！」

田尋大怒，他朝方箱踢了幾腳，罵道：「你這個混蛋，等會進了煉人爐，看還有沒有力氣罵人！」

李大夫的叫喊聲變成求饒：「快放我出來！我把知道的都告訴你，你別這樣，我不想被活燒死啊，我不想啊！」

田尋要的就是這個效果，他哪有膽量燒死這傢伙？大煉活人，自己聽著都害怕。田尋走到控制台停下傳送帶，探頭衝方箱大聲問：「你一個破大夫能知道什麼？我看還是燒死你算了，反正你剛殺過人，我這也算替警察執行死刑！」

李大夫帶著哭腔道：「求求你了，我什麼都說，只要你別燒死我就行！」

田尋點點頭：「那好，我聽聽你都知道些什麼。」到控制台按動電鈕把鋼板床又運出來。

李大夫從鬼門關轉了一遭又回來，躺在鋼板床上連連咳嗽，田尋站在他身前，問：「說吧，你怎麼知道我姓田？」

李大夫大口喘著氣，肋下插著的手術刀令他臉部肌肉不停地抽搐，田尋說：「看來你是在忽悠我，算了。」轉身要去控制台，李大夫連忙道：「別別別，我說、我全說。」

他喘了幾口氣，慢慢道：「是……是姚雪穎告訴我的。晚上在醫院把你送走後，我就反應過來了，因為我和古作鵬、姚雪穎三人是分別單線聯繫，不可能有第四人加進來。我猜可能事情要暴露，立刻乘出租車從正門進殯儀館藏到衛生間裡，一直到晚上十點才出來。剛才她和我見了面，我告訴她一個年輕人晚上來找過我，還會我們之間的暗語，是不是她派來的人。她說不是，是我自己暴露了，還說那個人就是我們做局要騙的人，叫田尋。」

田尋明白了幾分，再問：「你為什麼到這種地方來？難道這是你們接頭的地點？」

李大夫點點頭：「沒錯，我和姚雪穎的接頭處就是這殯儀館停屍廳。每次她從你手裡騙到錢後，就把錢放在文官司屯火車站的86號儲物櫃裡，隨後給我打電話，我會在當晚八點鐘準時取走錢，然後在醫院後牆做上記號，把錢埋到醫院後院垃圾桶底下的土坑中。晚十點古作鵬就去把錢取出再回覆我記號，三天後再把屬於我的那份錢埋回來。」

田尋問道：「這麼說，你們三個根本不見面？」

第十六章　大煉活人

李大夫說：「如果有緊急事情必須碰面的話，姚雪穎就會從她在94號2幢租的舊樓暗道爬過來和我碰面，接頭暗號就是你對我說的那三句話，這暗語世界上只有我和她知道，因為就是我們倆私定的。可是我很納悶：你是怎麼知道那三句暗語的？難不成你和那賤貨也有一腿？」說完嘿嘿地笑了。

一提這事田尋就火往上撞，他抬拳要揍李大夫，忽然想起一件事，手又停住了。

「這麼複雜？」田尋有點疑惑，「既然她把錢交給你，為什麼你不直接扣掉自己那一份，卻非要拐個彎，把全部錢都交給古作鵬呢？」

李大夫說：「我也沒辦法，是上級規定，必須看到所有的錢才行。」

田尋問：「你的上級是誰，叫什麼名？」

李大夫咳嗽幾聲，呼呼喘息著說：「其實……其實開始我也不知道那個上級的名字，就知道是從西安來的。後來還是姚雪穎偷偷告訴我，說是個五十開外的中年人，似乎叫什麼……什麼王全喜……」

「王全喜？」田尋頓時愣了，他用不到一秒鐘的時間從腦細胞記憶庫裡搜索到關於這個名字的一切。王全喜他太熟悉了，當年若不是他將自己拉下水參加程思義的盜墓團伙，也不會一步步落到今天這地步。

田尋忙問：「姚雪穎怎麼知道王全喜的名字？和他見過面？」

李大夫說：「不……不是，姚雪穎是古作鵬相好的，那個古作鵬原先在西安一個什麼集團總部，和王全喜有見過幾面，他告訴姚雪穎之後，我才知道的。」

田尋側頭想了想，腦子有點亂，他想破頭也不明白，從湖州毗山回來後王全喜就已失蹤，可能是為避風頭跑路了，可現在怎麼又冒了出來？難道又是林之揚的主意？

他又問：「你知道王全喜為什麼讓你三人結伙騙我的錢嗎？僅僅就只為了錢？」

「似乎……似乎不是。」李大夫掙扎了一下支起身體，「古作鵬也問過那個王全喜，王全喜好像對他說過，說肯定不是為了錢，如果想騙錢根本不用費這麼大精力去做局，聽他話裡的意思，好像目的是要把你騙得身無分文，走投無路，越慘越好。」

田尋腦中「嗡」的一聲，似乎又明白了幾分，再問：「王全喜就說過這些？還有別的嗎？」

李大夫體力不支躺倒，只是搖頭喘氣。

第十六章　大煉活人

田尋急道；「快好好想想，有沒有說過別的什麼話？快想！」

李大夫劇烈地咳嗽起來，直咳得滿臉通紅喘不上氣，光張嘴不出聲，好像隨時都要休克。田尋怕他憋死，連忙走過去用力拍他後背。

李大夫突然探身，手裡不知何時多了一條皮帶，他雙手把皮帶迅速套在田尋頭上左右反向往死裡勒，田尋哪料到他還有這手？連忙雙手抓他胳膊力扭，可李大夫人高強壯，兩條胳膊像鉗子似地收緊。田尋一陣窒息，臉憋得紫紅，抬起腿想去踹他，可李大夫雙手收攏，將田尋緊緊擠在鋼板床上，根本沒法抬腳。

第十七章　人肉搜索令

田尋雙手亂舞亂抓，意識開始喪失，大腦潛意識中浮現出當年在洪秀全陵墓小天堂中和平小東搏鬥的情景，對方也是一樣地強壯，自己也是一樣地被人勒住脖子，一樣地無法呼吸……。

忽然，田尋想起李大夫右肋下似乎還插著一把手術刀，他還沒向大腦發出命令調動左手去抓，自己的左手不知道什麼時候已經握到了那刀柄，他不假思索，用力將刀往裡送。

這種手術刀是醫用的，刀頭可以拆卸，更換各種長度的刀刃，這把刀的刀刃有四吋多長，應該是外科手術刀中最長的那種，專門用來切開患者腹腔等比較厚的部位。田尋將刀深深捅進李大夫體內，整柄沒入四吋多深，頓時刺穿右腎。

李大夫正強忍疼痛要勒死田尋，忽覺右腹一陣劇痛，緊接著腹中有種說不出來的古怪痛感，如同一個吹得脹圓的氣球被扎漏，雙臂好像被抽筋似地一軟，他眼睛圓瞪、嘴巴大張，整個人從鋼板床上腦袋朝下摔到地面，扭幾扭不動了。

田尋也癱倒在地上，半天才咳嗽出聲，這口氣才緩了過來，他爬起身見李大夫一動不動，怕他有詐，伸腿將他踹翻過來，嚇了一跳，見李大夫雙目圓睜，大張著嘴，口鼻流血，顯然已經死了。

田尋心臟跳得幾乎要蹦出胸口，他爬起來看著四周，瞬間大腦一片空白，除了喘氣什麼都不會了。足足過了有十多分鐘他才漸漸明白過來，看看錶已經是十二點多，他心裡只有一個念頭：千萬不能在這裡多待，夜長夢多，如果被殯儀館更夫發現報了警，那就萬難逃脫。

他蹣跚著撿起李大夫扔在牆角的手電筒，先關閉控制台上的鍘刀開關滅掉電燈，然後支撐著身體跑回停屍間，剛才爬出來的那個冰櫃門沒有關，田尋連忙彎腰鑽進去推嚴冰櫃，下到暗道裡把冰櫃底板閉上，一屁股癱倒在暗道中，渾身像散了架。

又過了十幾分鐘，田尋才算徹底恢復神智，他彎著腰爬出暗道，順鐵梯子上來跨進舊木櫃裡出屋來到走廊外面。樓裡靜悄悄的，似乎根本沒人注意到剛才發生過什麼，自己房間的門還開著，進屋見一切如故，桌上那碗麵條還在，只是已經涼透了。

田尋下到一樓水房，把臉上的白布條解下來用水龍頭清洗血跡，鼻骨已經斷了，血也止不住地流，斷骨的疼痛和寒冷令他整個腦袋都在發脹發痛，好似就要裂開。

他去敲那房東老太太的房門，想碰碰運氣，借點止血藥臨時處置一下，然後再去醫院。用力敲了沒幾下，房門卻自己開了，進去一看，燈光亮著，而屋裡屋外卻都沒有人。

田尋查看了左右房間，見都上著緊緊的大鎖，又跑到二樓廁所拉開門去看，也沒有人。最後他上到三樓進了中間的房間。這時的他已經沒時間害怕，房間裡所有擺設仍舊蒙著白布，令田尋想到剛才在殯儀館妝屍間躺著的姚雪穎，房東老太太也不在這裡。

大年初一半夜，這老太太不可能出去串門、看風景、走親戚，那她又去哪了？

整幢樓都沒有老太太的蹤影，她似乎突然從地球上消失了。

田尋剛殺了李大夫，心智慌亂，也沒時間考慮這老太太的去向，他回到房間，把身上那幾千塊現金收好，找了條圍巾蒙在臉上，下樓走到大路叫了輛出租車，直奔望花區人民醫院。

第十七章　人肉搜索令

還好外科沒休息，只有兩個護士在值班。田尋交了錢，護士給他止了血，醫生取器械接好斷骨，田尋沒敢多待，又乘出租車到東陵區一個偏僻的小旅店中住下。這一夜連疼痛帶驚嚇，幾乎是在連續不斷的噩夢中勉強睡了幾個小時。

一連半個月田尋沒敢出門，直到鼻傷好了一多半，他才來到附近一家小服裝店買了身乾淨衣服，又洗了個澡把新衣服換上。

他的腦子也沒閒著，幾乎整夜都在分析整個事情，首先可以肯定的是：王全喜組織這麼個三人詐騙小組來對付自己絕非他個人行為，因為他跟自己無冤無仇，在他背後肯定有一隻幕後黑手在操縱，現在姚雪穎和李大夫都死了，剩下的知情者就只有古作鵬。

他決定從古作鵬身上入手。

次日下午，田尋找了個ＩＣ卡電話，撥通了林氏瀋陽分公司的總機號碼，指名要找監察部經理古作鵬。聲音甜美的總機小姐很負責任地告訴他：監察部經理已經更換人選，現在的經理姓陳。

田尋沮喪地掛了電話，對這個結果他既意外、又不意外。所有的知情者人都消失了，現在要想找線索就只能去西安，雖然還不知道王全喜在哪兒貓著，但田尋已經猜到他的幕後黑手是誰。

回到旅館躺在床上，田尋翻來覆去想了很久。從當年見到王全喜那天起，他就一直被人牽著鼻子走，他不想再處於被動狀態，他要還擊。

三天後，互聯網上的門戶網站、大型論壇和網上社區陝西版塊裡，幾乎同時出現一篇文章，文章標題十分震撼：

發帖揭露西安喪盡天良古玩商，騙十餘客戶血汗錢五千萬。

而文章內容更震撼，大意是說一個愛好古玩的收藏家在西安古玩市場同一名叫王全喜的古玩仲介商做交易，訂了一批價值兩千多萬元的古玩瓷器，結果在交貨時，被王全喜巧妙地調虎離山替了包，把真古玩換成了僅值幾千元的假貨。這名收藏家平時人品極正，大半生共資助失學兒童近千人，老弱病殘無數。而這次被騙他幾乎損失了全部身家，不但沒法資助別人，連自己的生活都成了問題，不得不賣掉所有房產、店面，改租住在簡陋危險的平房裡，母親也一氣之下去世。更慘的是此收藏家還欠著銀行幾十萬元店面租金，後來銀行天天追債，這位收藏家被逼無奈，一氣之下上吊自殺。

第十七章　人肉搜索令

文章是以此收藏家一位多年好友口吻寫的，內容寫得真切翔實、聲淚俱下，裡面的細節，包括：地點、人物、相關資料和古玩名詞等等都真實無比，很多古玩界的行家看了此文章也覺得很是可信，尤其對那位可憐收藏家的最後遭遇深切同情，同時對這個叫王全喜的古玩仲介商恨得牙根發癢。

隨著關注的人越來越多，該事件又有後續發展。先是這位收藏家的好友繼續披露了王全喜早年靠參與盜墓起家的陳年舊事，說他不但盜挖古墓，甚至現代名人的墓葬也不放過，比如浙江巨商沈聯芳、五四著名詩人吳芳吉、國民黨著名將領齊學啟等。這些墓葬不一定有什麼值錢之物，王全喜就是盜墓上癮，行為變態。

過沒幾天，新版本又出現了，該好友繼續揭發王全喜不但盜墓、騙人，而且還勾引後妻的獨生女，其行為豬狗不如。並說王全喜早年就好色成性，經常在夏天晚上到公園裡暴露身體給單身女性看，以獲得快感。他現在年齡已過五十，而色心卻絲毫不減，不但召年輕妓女回家過夜，而且喜歡偷年輕女人的內衣褲，還經常在擁擠的公共汽車或地鐵中對女人進行性騷擾，為此還挨過一次揍，導致兩顆牙齒脫落。

經過幾次爆料後，這件事炒得更火了。當然也有很多網友開始懷疑其真實性，有些人開始透過各種途徑打聽。中國網民數量世界第一，從小學生到退休老頭都有，也不乏和王全喜接觸過，甚至做過生意的人。

西安古玩行裡有很多認識王全喜的人，大家都知道，他兩年前就不在西安古玩市場混了，近兩年行蹤詭祕，去了哪兒也沒人得知。聽說有人在咸陽和洛陽碰見過他，但也都是匆匆一面，不太敢確認。

西安古玩協會的一名資深會員早年跟王全喜有過些接觸，他在該協會官方網站上撰文表示，王全喜以前是有過盜墓家史，而且這人的確有些好色，只要是和他認識的人都知道，但他勾引後女的事不知真假。同時也證實王全喜嘴裡還真缺兩顆牙，按王全喜當年自己的解釋，掉牙的原因確實是因為女人。

這名會員的撰文雖然沒有明確指出爆料的真實性，但起碼有五成以上都相符，於是大多數網友都相信爆料內容是真的。這樣一來，罵王全喜的人如潮水般連綿不絕，有的網友幾乎養成了每天上網罵他一次的習慣，一天不罵就像缺點什麼。

事情越鬧越大，關注的網友呈幾何級數增長。不到一個月，幾乎全西安、全陝西的古玩愛好者都知道王全喜。大家平時喝酒、聊天，或交易古玩時，都會自然而然地談起王全喜這個名字，一時間在西安「王全喜」三字如雷貫耳，婦孺皆知，不亞於超女快男。

半個月後，陝西古玩協會特別派發了內部文件查找王全喜，甚至連西安市公安局也向省公安廳上報了立案申請書，並擬定列為網上Ａ級緝逃人員。

網民的力量著實可怕，中國網路最著名的兩大「人肉搜索」論壇中也被同時貼出幾十條關於查找王全喜的申請帖，並陸續有知情者提供其個人資料。不到十天，從王全喜的籍貫、品貌特性、家庭情況、學習工作、個人習慣、生活經歷等等大批情報，都被源源不斷地貼到網路上，甚至當年和王全喜睡過覺的賣肉小姐都勇敢發言，提供了他的泡妞嗜好和性能力水平。

「人肉搜索」是具有中國特色的網路產物，主要就是利用中國人多、網民多的特點，凡是通電線的地方就有中國網民，只要這個人還在中國，能喘氣、能說話，就有人找得到他。國外曾有評論說中國網民的「人肉搜索」令國際刑警黯然失色，也有人戲稱人肉搜索是「網路國家安全委員會」，不過也有人反對，因為人肉搜索比前蘇聯的ＫＧＢ強大得多，而且不佔國家經費，屬於純綠色、無公害的天然警察。

皇天不負有心人，人肉搜索開始發威了。有天一名不願透露身份的網友說三天前在河南駐馬店見到了疑似王全喜的人，說此人住在駐馬店一個偏僻小鎮的旅館裡，晝伏夜出，私下與當地盜墓農民偷偷交易古玩文物。

五天後，又有網友發帖說看到王全喜在湖北嶽陽郊區一家小吃部吃麵條。又過了四天，一對情侶說在湖南婁底農村旅遊時碰見王全喜正在農戶家借水喝。

從那之後，幾乎每星期都有網友貼出王全喜的行蹤，令公安局汗顏。同時也說明王全喜每隔幾天就會跑到另一個省份，可見他確實是做賊心虛、四處逃竄。網友們發揮強大的想像力，開始饒有興趣地猜測王全喜將會逃到哪一個省份、哪個城市。甚至還有人繪製了詳細路線圖，列出幾大最有可能的逃跑路線，供網友分析熱議。

廣西三江侗族自治縣。

三月份的廣西多陰雨天，三江縣也不例外。這天下了大半天的雨，剛剛放晴，榕江兩岸翠林如洗、江波蕩漾，江面上水車一架架緩緩轉動，岸邊樹林中的侗家吊腳樓依地勢而建，層層片片、高低錯落，風景絕美如同水彩潑墨一般。

風雨橋又名回龍橋，被稱為世界上最早的立交橋，其中有亭有廊，左右聯通、上下分層，整橋全用木製，而且不用一釘一鉚，堪稱建築絕品。

一名中年男人頭包深藍色布巾、後背小竹簍，右手拿著鐮刀穿草鞋慢慢走上風雨橋，看樣子像是要到橋對面挖藥草的當地侗族村民。這人約莫五十幾歲，形容瘦削、神情憔悴，走路也搖晃不定，像是幾天沒吃飽飯。他邊在橋上走邊往後看，似乎有點緊張。

這座橋共有五座亭，每亭前後左右都有門廊，互相之間用木板梯相連，頭頂有飛簷藻井可以避雨。因為剛下過雨橋上沒幾個人，亭中很是安靜。

那侗族男人走到橋心第三座亭時，忽然見橋板中央懶洋洋橫躺著一個衣衫襤褸的乞丐，滿臉污泥，五官也辨認不清，連年紀都瞧不出來。

這乞丐面前擺著一個破得不能再破的小瓷碗，裡面零零散散有幾枚一元、五角的硬幣。橋身很寬，但一般乞丐都是靠邊行乞，而這傢伙卻躺在路中央，多少有點奇怪。

侗族男人見狀先是一愣，隨即繼續走路，走到乞丐附近時腳步向外拐，準備繞過去。

那乞丐側臥在橋板中間，右手支著腦袋，左手拿一根木棍在破碗中隨意撥弄硬幣，一雙眼睛卻像鷹一樣盯著對面的侗族男人。等那侗族男人走到自己面前想繞過去時，乞丐左手木棍一橫攔住他雙腿，用低沉嘶啞的嗓音說道：「行行好，給幾毛錢吧！」

侗族男人沒防備，嚇了一跳，有點生氣地說：「沒有錢！搞什麼鬼！」言語中帶著中原口音。

這乞丐卻把木棍一抬：「過橋的都要給我錢，你也行行好吧，我還餓著肚子呢！」

侗族男人火往上撞剛要發作，卻又伸手進口袋掏了一塊錢硬幣，噹啷一聲扔在那個破碗中，抬腿就走。

不想那乞丐把木棍抬得更高：「就這麼點錢，打發要飯的呢？」

「難道你覺得自己不是要飯的嗎？」侗族男人差點沒氣死。

乞丐把白眼珠一翻，滿臉不在乎：「你管我是什麼？反正這點臭錢老子瞧不上，再給點！」

侗族男人氣得反而笑了，他對乞丐說：「你這個臭要飯的，臉皮還真厚。好，我問你，你想要多少錢？」

乞丐嘿嘿笑了：「不多，二十萬！」

侗族男人愣了：「什麼？二十塊？」

乞丐直著嗓子大聲道：「是二十萬！」

第十七章　人肉搜索令

侗族男人笑得厲害，指著乞丐笑罵：「你……你還真窮瘋了，是不是剛才睡覺把頭睡扁了，還沒清醒呢？這橋下面就是江，快跳下去好好洗個澡，或許還能撈上來金元寶呢，哈哈哈！」

乞丐瞪著侗族男人，慢慢說：「二十萬不算多。古作鵬把騙來的二十萬都給你了吧！還是他自己跑了，留你在這兒頂罪？」

這話一出口，侗族男人頓時不笑了，他愣然看著對面這個乞丐，張口結舌地問：「你……你說什麼？你是……？」

乞丐左手握著木棍，笑著說：「這才幾年不見，連內務府的後人也忘了？」聲音竟然不似剛才那般嘶啞。

侗族男人驚得合不上嘴，他後退幾步，指著乞丐：「你……你是？」

乞丐收起笑容坐直身體，大聲道：「歡迎加入我們考古隊！」

侗族男人渾身猛地一震，臉色發白，突然轉身就跑。卻不想乞丐動作更快，左手木棍揚起，猛擊在他小腿膝彎裡，侗族男人猝不及防，「啊」的一聲，打個趔趄就要撲倒，乞丐迅速跪起身又補一棍拍在他後心，直打得侗族男人蹬蹬往前直踚，結結實實跌了個狗啃屎。

乞丐站起來走向侗族男人，那人手忙腳亂地爬起來，回頭緊握鐮刀，惡狠狠地說：「你到底是誰？敢暗算我！」

乞丐右手從兜裡掏出一塊濕毛巾，擦了幾把臉露出本來相貌。侗族男人一見大驚失色，脫口而出：「田尋，你……你是田尋！」

第十八章　王全喜

田尋扔掉毛巾，把木棍在右手心拍了拍，冷笑道：「虧你還認得我。怎麼樣，王全喜先生，別來無恙否？」

這侗族男人正是王全喜。他眼角直抽搐，看田尋就像見到幾輩子的仇敵：「你這個混蛋，在網上搜索我行蹤也就罷了，為什麼敗壞我的名聲？」

田尋哈哈大笑：「你名聲本來就臭，我只不過是換個說法揭發你而已。說實話，還得感謝中國的網民，要不是他們畫出你的逃跑路線圖，我還真拿不定主意去哪條道找你！」

王全喜恨得直咬牙：「你他媽的王八蛋，逼得我四處逃跑不說，走到哪都被人認出來，今天既然被你找到，那就別說廢話了，我非閹了你不可！」說完舉鐮刀向田尋逼來。

田尋冷笑道：「那是你自找的！當年要不是你把我拖下水，我也不會落到今天這種地步！就你這把快六十歲的老骨頭還敢和我比劃，有鐮刀就想嚇唬人？你這副身子骨，除了找妓女之外，還能頂什麼別的用嗎？」

王全喜氣得七竅生煙、怒不可遏，大罵道：「我操你媽的，今天我非活劈了你不可！」揚手一鐮刀就朝田尋腦袋砍來。

田尋其實還是懼怕他手上這把寒閃閃的鐮刀，剛才只是來個激怒法，好讓對方心神大亂，見王全喜像瘋了似地撲來，頭皮還真有點發麻，畢竟鐮刀不是吃素的，這要是摟上，半個腦殼就沒了。

田尋後退兩步，抬臂舉木棍去擋，嚓的一聲居然被鐮刀削成兩段，王全喜獰笑：「混蛋，拿雙筷子跟你王爺爺的鐮刀打架？去死吧！」說完又撲上來。

田尋左右支絀、敗象立現。忽然他滿臉驚恐，指著王全喜身後大叫：「李大夫，你怎麼沒死？」

王全喜嚇了一大跳，下意識回頭去瞧。田尋趁機矮身轉到王全喜背後，左手閃電般從衣服裡抽出一柄匕首，照王全喜大腿就刺。

匕首深深插進王全喜腿肚子，他連聲慘叫，鐮刀也脫手了。田尋拔出刀來，王全喜腿上鮮血直噴，癱倒在橋板上再也爬不起來。

田尋跑過去踢飛鐮刀，笑著說：「王先生，這感覺怎麼樣？」

第十八章　王全喜

王全喜躺在橋板上手捂大腿左右打滾哀號，血從他腿上傷口中汩汩流淌，田尋心裡有些不忍，剛想幫他包紮，卻聽王全喜罵道：「我賊你媽的！你個王八蛋，病死全家的短命鬼！」田尋最恨這句話，他氣得一咬牙，抬手噗地又把匕首捅進他右腿。

王全喜像野雞似地扯著脖子大叫，臉上青筋暴起。田尋咬緊牙關，喝道：「讓你罵個過癮，再來！」

拔出匕首，王全喜又是一聲慘叫，叫聲越來越小，後來幾乎是直著脖子，光張嘴不出聲。田尋怕他死掉，連忙扯下王全喜頭上的包巾，將他的大腿根紮緊止血，可鮮血還是滲紅了包巾，滴滴往下直流。

過了好一陣子，王全喜才緩醒過來。田尋坐在他面前，笑著說：「怎麼樣？王先生，感覺還好吧？」

王全喜有氣無力地說：「你……你小子看不出來，下手還挺……挺狠的……」

田尋正色道：「我以前可不是這樣！這都是你們逼出來的，懂嗎？」

王全喜卻嘿嘿地笑了：「既然落到你手裡，我也不想再瞞了。都說……都說拿人錢財就得……替人辦事，這他媽真不是人幹的活……」

田尋連忙欠起身問：「你到底替誰辦事？為什麼要找人把我整垮？」

王全喜面如金紙，先是一陣咳嗽，然後慢慢地說：「你……你真不知道，還是裝糊塗？除了林之揚，還有誰……願意花這麼大力氣去整你，吃飽了撐著？」

田尋大怒，他心裡早就懷疑是林之揚，只是不明白原因，便喝道：「又是林教授這個老東西！整垮我對他有什麼好處？」

王全喜躺在地上閉著眼：「要說還是和當年……你我的事有關，那時我拖你下水去湖州毗山盜墓，從那後你就成了林之揚的眼中釘……他一直想徹底堵上你的嘴，可是他女兒林小培對你鍾情，林之揚投鼠忌器，也不敢下手……所以要想辦法把你搞臭，讓你身背大罪，在中國社會無路可走，只得參加他的盜漢計……計畫……」

他聲音漸漸變小，到最後氣若游絲，幾不可聞。田尋氣得火衝頂梁：「為了免除他的後患，就要把一個守法公民活活逼成犯罪分子，走投無路必須要去跟他盜墓？這個喪良心的老混蛋！」

王全喜緊閉雙眼不答，田尋罵道：「現在我有家不能回、被公安通緝，母親又氣病住院，他林之揚又得到什麼了？想讓我跟他去犯罪？做夢去吧！我寧願去自首！」

王全喜仍然不答，似乎睡著了一般。田尋站起來踢了他一腳：「裝什麼死？說話！」王全喜還是不動，臉無人色。

田尋忽覺不好，忙蹲下一摸他鼻孔，沒有呼吸，田尋怕他裝死，用食、中二指輕壓在他左脖頸動脈處。

這個部位無法假裝，只要心臟還在泵血，動脈血管就會跳動。可王全喜的血管卻毫無生氣，田尋嚇了大跳，再摸他心口，也是聲息皆無。

王全喜已年近六十，本就氣虧血竭，又在外省被人四處追逃，神經長時間高度緊張，心理壓力巨大，一天比一天憔悴，已經處於極度第三狀態，現在突然被田尋抓到，又挨了兩刀大量失血，幾面夾攻之下終於承受不住，心智崩潰猝死在橋上。

看著身體漸漸變涼的王全喜，田尋卻殊無半點復仇後的喜悅，這已經不知道是第幾個為林之揚而送命的人了。

田尋站起身剛要離開，卻見王全喜上衣內懷掉出一個皮包，他彎腰拿出皮包拉開，裡面是厚厚一沓人民幣，另外還有一些證件和一本相冊。

翻開相冊，裡面都是一些已有些泛黃的照片，田尋驚奇地發現這些照片都是年輕時的王全喜和林之揚的合影。雖然他並未見過幾十年前的王全喜和林之揚，但從二人眉目五官仍清晰可辨。照片的大部分背景都是荒山土坡，兩人明顯才三十幾歲，手中都捧著瓷瓶、珠寶和各種佛像等文物，有些瓷瓶上還有殘土，似乎剛從地裡挖出來似的，兩人臉上表情喜悅，有幾張照片背景中還有手持鋤頭和洛陽鏟的農民身影。

看著看著，田尋心中漸漸明朗，幾年來的疑團也逐漸有了答案。天越來越黑，橋上也無人經過，田尋見沒人發現，趕緊趁夜色從橋西穿過，身影迅速消失在樹林中。

廣西南寧市桃源橋頭，晚上十二點十五分。

一個黑影從遠處匆匆走來，胳膊下夾著個黑色塑料袋，來到橋下河邊時，左顧右盼地不知在等誰。五分鐘後，又有人從另一個方向過來。先前那黑影警戒地蹲下，將身體隱藏在草叢中躲著。

後來那人到河邊找了幾圈，邊走邊連連看錶。當來到黑影藏身附近時，那黑影猛地從背後竄出，鋒利的匕首抵在那人脖間，低聲道：「你是誰？在找什麼？」

那人先是嚇了一跳，隨即靜下來，笑著說：「朋友，你這是交易，還是圖財害命？」

黑影低聲笑著收起匕首。那人轉回身問：「東西帶來沒有，快給我看看。」

黑影點點頭，把黑塑料袋口打開，一股鮮腥味撲鼻而出，卻是兩條肥大的新鮮鯉魚。那人有點疑惑，黑影說：「東西在魚肚子裡，離開這裡再打開。你的錢已經給了五哥，我不會騙你，放心吧！今天的交易要保密，我走了。」說完轉身走了。

看著黑影遠去的背景，田尋拎著裝魚的袋子上了橋，找到一家酒吧走過去，拐進衛生間裡關好門，掏出那兩條鯉魚，見魚腹上各有一條長長的刀口，伸手往其中一條魚腹中掏去，是個密封的白色塑料袋，隱約可見裡面裝著一把烏黑的手槍。再掏另一條魚腹，塑料袋裡裝著兩支彈夾和幾十發子彈，彈夾沉甸甸的，應該是都壓滿了子彈。

田尋將兩個塑料袋在洗手池裡沖乾淨，拆開將槍取出來。

這是一把嶄新的九二式手槍，烏黑珵亮，槍身閃著藍汪汪的光芒。槍柄是空的，沒裝彈夾，田尋把彈夾推進槍身，右手輕拉槍套筒，咔嚓一聲，從拋彈口中可見一顆黃澄澄的子彈被推進槍管。

田尋將槍和另一支彈夾在後腰皮帶裡掖好，再把剩下的子彈裝進內懷口袋，走出酒吧消失在茫茫夜色中。

三月份的西安還沒進入春季，路邊的樹大多數還是灰色，只有幾棵白桃樹鯉魚跳龍門似地抽出了嫩芽。

在「天地人間」夜店裡永遠是盛夏，男男女女都穿著最薄、最露的時尚衣衫在舞池中狂舞。

一個頭髮直豎又染得五顏六色活像雞毛撣子的英俊少男剛點著一支「高斯巴」牌細雪茄，深吸一大口，在肺中過濾幾次後，再緩緩吐出淡藍色的煙圈。這時走來一個性感美女，穿著極短的黑色真絲迷你裙，那裙子短得幾乎要露出屁股來，這美女踩著筷子高的高跟鞋來到少男桌前，伸手奪過他的煙吸了一口，說：「這是什麼煙啊，真難抽！」

那英俊少男嘿嘿笑了：「妳懂個鳥！這是高斯巴煙，是切格瓦拉最喜歡抽的牌子，切格瓦拉妳知道嗎？」

美女把煙扔到玻璃桌上，操起一瓶百威啤酒仰頭喝了幾口，說：「我才不管什麼切什麼拉，我就知道錢和男人，還有酒，對吧，小培？」

對面坐著的林小培眼神迷離，臉頰潮紅，顯然已經喝得不行，桌上橫七豎八擺了不少空酒瓶，還在不停地往嘴裡灌著酒。

那英俊少男嘿嘿笑著說：「小培，都說借酒能澆愁，可妳這天天喝得像隻醉貓，似乎還是每天愁個不停啊！到底有什麼不開心的事，跟哥哥說！」

林小培喝得直嗆，吐出幾口酒後咳個不停，旁邊坐著的年輕男孩連忙歪過身體，討好地給她捶後背。那短裙美女雙手叉著蠻腰，一面跟著音樂節拍輕輕晃動豐滿圓潤的屁股，邊閉著眼睛微笑說：「咱們小培那是身在福中不知福，錢多得不知道怎麼享受，所以才發愁嘛！」

旁邊那男孩哈哈大笑：「是這麼回事啊，那正好我沒錢使呢，小培，什麼時候先給我扔兩萬花著玩玩？」

忽然林小培一陣乾嘔，扭頭就要吐，那短裙美女怕被吐到鞋上，嚇得連忙後退，英俊少男順勢挽起林小培，大獻慇勤說：「我送妳去洗手間！」

少男架著半醉半醒的林小培來到裝飾得比家還乾淨的洗手間，少男說：「我到門口等妳。」便走了出去，林小培根本沒聽到，雙手扶著洗手池大吐起來。

直到把胃裡喝的那些啤酒全都吐出，最後幾乎開始吐膽汁了，林小培身體越來越軟，慢慢往地上癱倒。

這時，從旁邊伸過一隻手抓住她胳膊，低聲說：「喝成這樣，不怕酒精中毒？」

林小培本來已是半昏迷狀態，聽到這個熟悉又陌生的聲音，猛地睜開眼睛，頓時大驚：「啊，你……是你……」

那人用雙手把林小培扶起來，道：「今天有什麼喜事嗎？喝這麼多酒。」

林小培用力揉了揉眼睛，瞪著看了這人半天，慢慢把嘴一撇，帶著哭腔說：「田尋，真的是你嗎？我不是在做夢吧？」

田尋笑了：「妳還認識我是誰，就說明沒喝多。」

林小培哇地大哭出來，緊緊抱住田尋不放。田尋連忙說：「快別哭了，別人會認為我欺負妳。」林小培哪裡肯聽？抽抽噎噎地哭個沒完。

這時，外面那英俊少男聞聲走進來，見林小培哭著被一個年輕男子抱住，少男發火了，衝上去就要動手。田尋手掌一擺：「我是林小培男朋友，你別誤會！」

少男呆了，看著林小培。林小培哭著對田尋說：「你什麼時候來的呀？也不給

第十八章　王全喜

我打個電話！」兩人邊聊著邊走出洗手間，那少男見林小培對田尋親熱有加，心裡狐疑卻也不敢多說什麼，連忙跑到座位拿過林小培的白色狐皮外套遞給田尋。

此時是晚上八點多，對喜歡夜生活的人來講，現在一天才剛剛開始。夜店門前的廣場上燈火輝煌，十幾名身穿筆挺西裝的服務生正忙忙碌碌地為客人泊車引路，廣場裡停得滿滿當當地全是豪華跑車，最差的也是奧迪Ａ４頂級款。

一名高大英俊的服務生見林小培出來，連忙一溜小跑過來問：「林小姐要回家嗎？我幫您把車開過來。」說完，伸手向她要鑰匙。林小培迷迷糊糊地剛把鑰匙掏出來，田尋就伸手接過：「不用麻煩你，我送她回家就行了。」

那服務生不敢多說什麼，告知了汽車的位置。田尋一按鑰匙上的遙控點火鈕，右側第二排有輛紅色保時捷卡雷拉ＧＴ跑車的後尾燈被點亮，引擎也開始低響，同時駕駛室車門自動開啟。

田尋扶著林小培坐進車裡，自己再上車擰動鑰匙，輕點油門，保時捷那特殊的引擎轟鳴聲響起，左腳踏死離合器，推動變速桿，汽車開出車位後向右轉個彎，拐進公路朝北駛去。

順咸寧公路向東行駛四十多公里，開出市區來到郊外神峪寺一帶。這裡屬於城鄉結合部，比較偏僻，只有稀稀落落的一些樓房和工廠。

田尋找了一家汽車旅館，將車開進院子裡停好。旅館老闆正要睡覺，忽見一輛豪華跑車駛進來，還以為進錯門了，直到田尋下車問他有無空房間時才知道是真的。田尋從車裡抱出林小培，老闆將兩人引到三樓最好的一個客房裡安排好，田尋遞給一個小伙子三百塊錢，讓他用兩百塊去外面買點食物和飲料，剩下的歸他，那小伙子歡樂地下樓去，不一會兒就抱上來許多麵包、罐頭、香腸和礦泉水。

田尋吩咐旅館老闆不要讓外人打擾，就把門關嚴。這房間連二星級水平都算不上，但還算乾淨素氣。他看著躺在床上爛醉如泥的林小培，不禁歎了口氣。慢慢走到窗前，從窗簾的縫隙中朝樓下望去，見好幾個人都圍著林小培那輛跑車紛紛談論，艷羨不已。

林小培喝了太多酒，又吐了半天，現在是臉色發白，人事不省，田尋看到她身上全被冷汗濕透，心想得給她洗個澡，不然第二天非生病不可。

林小培今天穿了一條雪紡真絲低胸連身短裙，腿上是小牛皮高跟皮靴，露出白藕似的大腿和光滑的膝蓋。看著林小培那白皙勝雪的臉蛋和姣好的相貌，不禁有些怦然心動，當年在西安初遇林小培時的一幕幕又浮現在眼前。

第十八章　王全喜

他定了定神，先將她連身裙的肩帶從胳膊裡拽下，再慢慢往下褪，裡面的白色胸罩露了出來，樣式是那種可愛少女型的。田尋邊脫小培裙子邊想起趙依凡穿的都是那種極性感的黑色蕾絲胸罩，和林小培的性感完全是兩種感覺，可以說各具風情。

解掉胸罩後，她那圓潤的玉乳令田尋想起雕塑維納斯，雖沒有趙依凡那麼豐滿碩大，但卻很挺立，顯示著成熟女孩的魅力。下面該脫內褲了，田尋有點猶豫，這算不算非禮？萬一她醒來看到自己把她脫光，搞不好會罵自己流氓怎麼辦？

第十九章 綁票

可再看到林小培那疲憊的神情和身上的汗漬，終於下決心脫掉了她的內褲，不知怎地，看到林小培光滑如脂的裸體，田尋居然沒有那種犯罪的衝動，倒生出一股愛憐欣賞之心。他輕輕抱起林小培走進浴室。

半夜，林小培翻了個身，看似仍在熟睡，嘴裡卻喃喃地說：「渴……要喝水……」

田尋躺在她身邊一直未眠，聽到她叫渴，連忙擰開一瓶礦泉水遞給她。林小培迷迷糊糊地爬起來，閉著眼睛探出頭，同時張開嘴。田尋不禁發笑，這丫頭也太懶了點，喝水還得有人餵？可能在家一向這樣吧！

餵了幾口水，林小培滿意地吧嗒吧嗒小嘴，田尋剛要伸手給她擦嘴，她卻一頭栽倒在床上，滿頭秀髮散落枕間，繼續呼呼大睡。

田尋背靠床頭，拿起枕頭下的那把九二式手槍，藉著窗外淡淡的月光，用手慢慢撫摸光滑的槍身。輕按彈匣卡榫，彈匣立刻聽話地彈出，他拿起彈匣，裡面整齊

第十九章　綁票

排著十五顆子彈。田尋單手握住彈匣，大拇指抵住子彈底火部位輕輕一推，最上面的子彈應聲跌落，他拇指連動，子彈就接二連三地掉出來。然後他再將子彈一顆顆撿起壓回彈匣送進槍身，右手一拉套筒咔嚓子彈上膛，再退掉彈匣，輕拉套筒把上膛的那顆子彈從槍管前端退出。

這套動作以前在電影裡看過無數次，現在實際操作，還真有點似曾相識，甚至覺得自己也成了電影中的孤膽英雄。

正胡思亂想著，身邊的林小培忽地坐起來，嚇了田尋一大跳，還沒等他問話，林小培像夢遊似地問道：「我這是在哪？這是什麼地方啊？」

田尋迅速將槍收在枕底，笑著回答：「別擔心，妳還在地球上呢！」

林小培轉頭看著他，茫然地問：「田尋？你怎麼在這，這是誰的家？」

田尋喝了口水：「這是旅館。」

林小培十分驚訝，她掀開被子見身上裹著浴巾，又問：「我怎麼穿著這個東西？」扯掉浴巾發現自己裸體，連忙摀住身體大聲尖叫：「哎呀，我的衣服呢？」

田尋怕吵醒別人，連忙勸道：「妳在夜店喝得爛醉，是我把妳送到這來的，妳身上連吐帶汗那麼髒，我幫妳洗了個澡……」

話還沒說完，林小培抬手就給他一巴掌，這巴掌打得很有水準，聲音十分響亮且疼，田尋毫無防備，打得口水都吐出來了，他大怒：「妳怎麼隨便打人？」

林小培撲上來對田尋夾頭夾腦就是一通亂打，邊打邊哭：「你這個臭流氓，你敢脫我衣服，你個王八蛋，吃刀子的傢伙，敢耍流氓，我讓我哥哥打扁你！我打扁你！」

田尋臉和脖子轉眼間就挨了幾十巴掌，打得他鼻子發酸，臉頰發燒，氣得伸手抓住她胳膊，罵道：「妳個臭丫頭，打夠了沒有？妳以為我愛看啊，要不是看妳這麼可憐我才懶得管妳，現在妳就滾回西新莊吧！」

林小培還是掙扎著要打他，嘴裡哭罵不停，田尋怒了，咬咬牙，揚手啪地給了她一記耳光。

這下把林小培給打愣了，田尋緊緊握著她胳膊不敢鬆手，林小培半天沒說話，頭髮零亂，呼呼喘粗氣瞪著田尋。忽然她撲在田尋身上，瘋狂地吻著他的臉頰、嘴和脖子，口中喃喃地說：「田尋，我想你，我好想你……」

田尋也動情了，激烈地回應著她，兩人在床上滾來滾去，吻個不停。

激吻之後，林小培像一隻溫順的小貓躺在田尋懷裡，田尋則撫摸著她光滑的秀髮，眼中充滿柔情，他說：「小培，最近妳天天都泡在酒吧夜店裡嗎？」

林小培哼了聲：「我還能去哪？又不像你懂古玩，可以逛古玩市場。我只會喝酒，再就是購物、逛街買東西，但最近老爸給我的零用錢越來越少了，真討厭！」

田尋笑了：「他看妳太會揮霍，肯定要控制妳的花銷，不然就是最近林教授收入減少，所以從妳身上開刀。」

「才不是呢！」林小培大聲說，「我聽二哥說爸爸這幾年從文物交易上的獲利是十幾年來最多的，可他又說我們都要節約開支，到時候用錢做大事。真是氣人，害得我那兩輛跑車好長時候都沒做保養了，只能開這輛紅色的，哼！」

田尋立刻明白了，林教授正在大量積累資金，好用來籌劃他的盜漢計畫，而且現在很可能已經開始進行。

他剛要再問，忽然林小培從床上彈起身體：「這是什麼旅館呀，這麼髒，被子也不知道乾不乾淨，浴巾難看死了……哎呀，剛才你給我喝的是什麼水？」

田尋連忙拿過瓶子：「這是農夫山泉礦泉水，是名牌……」

林小培在床上跳著腳叫：「我才不喝什麼農夫山泉，我只喝依雲水啊！你個臭田尋、死田尋，敢虐待我！」

田尋很生氣：「喊什麼，喝別的水能毒死妳嗎？」

林小培咧嘴大哭：「我從小就喝依雲水長大的啊，人家喝不慣別的嘛，喝別的水肚子會長蟲子的嘛！」

田尋譏笑道：「行了吧！忘了那次在南海鬼谷裡妳還喝了溪水呢，長蟲子了嗎？」

林小培理虧詞窮，卻還是煮熟的鴨子——肉爛嘴不爛：「唔……可能是那水比較乾淨吧？你不是說那島還沒人去過。」

田尋哈哈大笑：「那島上還有猴子呢，妳喝的水猴子也喝過，妳說乾不乾淨？」

林小培一聽，感覺似乎肚中立刻就長了蟲子，十分難受，她跳下床來打開房門，衝外面大喊：「田尋虐待我啦，田尋耍流氓啦！」

此時已是後半夜兩點多，院子裡一片寂靜，她的喊聲顯得非常突兀。田尋嚇得死命把她拽回來關嚴房門，忍不住罵道：「妳他媽瞎鬧什麼？」林小培越勸越來勁：「好哇，你敢罵我，今晚我非鬧不可！」

田尋一揚手：「妳再喊試試？看我敢不敢打妳？」

第十九章　綁票

林小培有點害怕，但還是把脖一揚：「你捨得打嗎？」

這話令田尋大感意外，他還真捨不得下手去打她，於是語氣放緩道：「妳只要不再鬧，我就不打妳。」

林小培朝他甜甜一笑之後，竟扯開喉嚨大叫：「有人要流氓啦！」

田尋氣得嗓子冒煙，上去死死摀住她嘴，惡狠狠地說：「我捂死妳算了！」

林小培雙手在田尋腦袋上亂打，不一會兒就被捂得滿臉通紅、兩眼發直，田尋怕真出事連忙鬆開手，林小培還要打他，可大腦暫時缺氧，雙手也沒了力氣。田尋緊緊把她抱在懷裡，輕輕吻著她的耳根。不一會林小培清醒了，可又覺得渾身發軟、雙臂發麻，她身上只圍著浴巾，飽滿的胸口一起一伏，看得田尋有點抑制不住，抱林小培就上了床。

他一把扯掉林小培的浴巾，開始吻她的脖子、臉、嘴和胸，林小培也動了情，兩人都是年輕氣盛、乾柴烈火，情慾愈燒愈狂。

田尋分開林小培雙腿，跪下從小腹一路舔下來，忽然林小培渾身戰慄驚叫著將田尋踢開，自己則連連後退，蜷縮在床角大哭道：「別過來、你們別過來，不要碰我，你們要什麼都行，千萬別碰我！」

田尋有點納悶，他喘息著問：「妳怎麼了，說什麼呢？」上前要抱她。

林小培用力搖著頭，雙手擋在臉上大喊：「你別過來，我求求你了別過來，我會按你們說的做，不要過來！」最後簡直就是歇斯底里的大喊，好像瘋了似的，田尋緊緊抱住她：「妳醒醒，小培，是我，我是田尋！」

林小培慢慢放下手，兩眼無神地看著田尋，慢慢說：「是你，田尋……你不是他們……不是他們……」忽然捂著臉大哭起來。

田尋心中狐疑之極，知道她必定是想起了什麼舊事，但卻不好多問，只得緊緊抱著她任其痛哭。

過了許久她才慢慢平靜。田尋忍不住問：「小培，妳怎麼了，出了什麼事？」

林小培搖頭道：「不要問，不要問我……」

田尋知道必有難言之隱，於是也不再問。林小培擦了擦眼淚，說：「你怎麼想起看我來了，也不找個好點的賓館，怕我付不起帳呀？全西安的酒店哪家不給我老爸三分面子？哼！」

田尋笑了：「這我知道，我就是不想讓妳老爸知道妳在哪裡，所以才挑了這裡。」

「哦？不想讓我老爸知道我在哪？」林小培來了精神，「那為什麼？」

田尋冷笑幾聲：「我想給林教授和妳二哥林先生一個驚喜，等明天早上再說，妳先睡覺吧！」

林小培哪裡睡得著，纏著田尋問個沒完。田尋無奈道：「好吧，我也不想瞞妳，就告訴妳吧！」

他把從最開始受王全喜邀請加入程思義小組去湖州毗山盜墓，一直到再被王全喜找人陷害自己的全過程簡單講了一遍，林小培直聽得目瞪口呆。

田尋喝了口水，道：「這回知道妳父親有多壞了吧？為了拉我下水盜墓，不惜毀掉我的名譽、地位、自由和家庭。我田尋雖然沒什麼能耐，但俗話說兔子急了還咬人呢，我可不想當軟柿子讓他捏個沒完，所以我把妳帶到這來當人質，希望妳好好配合我，別鬧事，否則我不會對妳客氣。」

林小培不敢相信他父親會這麼做，一時沒轉過彎，還有點不相信。田尋看出她的懷疑，繼續道：「證據會有的，到時候我會讓妳父親和妳二哥親口承認他們對我所做的一切，妳等著看吧！」隨後一伸手：「把手機給我。」

林小培無奈，只得乖乖從ＬＶ包裡掏出手機交給田尋，田尋自顧躺下睡覺去了。

林小培呆呆地在床上坐著，尚未從複雜的事態中明白過來。

半小時後，田尋沉沉睡去，他太疲憊了，太多事情壓在心頭，身體就像超負荷的機器一般勞累。林小培見田尋已然睡熟，悄悄起身從ＬＶ包的夾層裡又摸出一部手機，走進衛生間關上門。

次日一早，田尋向林小培要了林之揚的西新莊別墅電話號碼，用林小培的手機打了過去。林之揚開始很意外，話語中帶有明顯的喜悅，還以為田尋答應替他賣命加入盜漢集團。後來一聽內容不對，田尋居然綁架了他女兒林小培，以此要挾他還自己清白。

林之揚在社會上混了幾十年，什麼場面沒見過？但自己親人被綁架還真是頭回。他大怒，立即警告田尋不要自找死路，如果膽敢動林小培一根汗毛，就把他大卸八塊丟到河裡餵魚。

田尋將手機扔到床上，輕蔑地笑笑。林小培叉腰站在地板上，一個勁抱怨衛生間太髒，根本不是給人用的。她對田尋大聲道：「喂，我餓了，我們出去吃點東西

第十九章　綁票

吧！」

田尋瞧都沒瞧她，說：「去哪吃？」

林小培用食指抵著臉蛋，歪頭想了想說：「嗯……秦朝飯莊，挪威世界的海鮮不錯，聞香閣也很好……」

「別費精神了。」田尋打斷道，「今天哪也不許去，我買了香腸、罐頭和麵包，妳就老老實實給我待在屋子裡！」

「憑什麼啊？」林小培立刻反對，「你買的這些破爛東西哪是給人吃的？我老爸也不敢管我，你算我什麼人？」

田尋冷笑道：「我當然不算妳什麼人，但別忘了，現在妳是我的人質，逼得急了我什麼事都做得出來！現在我是全國通緝的要犯，手上也有幾條人命，妳最好別惹我！」

說完，他開了兩瓶牛肉罐頭，扔給林小培一瓶，就著麵包自顧吃起來。

林小培滿臉委屈，卻不敢違抗他，慢慢走到田尋身邊說：「我聽你的就是了嘛！再說，你不就是想和我爸爸談話嗎？為什麼不直接找他？」

田尋哼了聲：「直接找他？那不是自投羅網嗎？」

林小培連忙解釋：「不是的不是的。你不瞭解我爸爸，他這個人吃軟不吃硬，知道你綁架他女兒來要挾，他是死活不會同意的，怕以後別人笑話他，這樣你們誰也討不到好處；依我看，你可以去我二哥的公司，我爸爸每月的最後一個星期五晚上都會去林氏集團總部，找我二嫂查公司的交易帳目，那時我可以帶你去公司直接在頂樓的辦公室見他。」

「哦，是真的？」田尋還真有點動心，畢竟他目的是要見林之揚，「可被人認出來怎麼辦？到時候我就成了羊入虎口，我還沒那麼笨吧？」

林小培臉上笑嘻嘻：「你真是個大笨蛋，整個公司除了我爸爸、二哥、二嫂之外，沒誰認識你，你怕什麼？再說我二哥去了美國談生意，要半個多月後才回來，而且晚上八點以後全大廈的人幾乎都下班了，沒幾個人在，所以只要我不大喊抓賊，就沒人敢動你。」

田尋笑了：「我就是擔心妳出賣我，讓綁匪相信人質是很難的。」

林小培歎了口氣：「既然你不信我，那也沒辦法。」說完，她又慢慢走到床邊坐下，自言自語似地說道：「反正我的話從來也沒有人認真聽過，無所謂了……」

田尋心中一動，見林小培表情有些傷感，倒有點於心不忍，他也走過去抱著她

第十九章　綁票

肩膀坐下：「不是我不信妳，只是現在我的處境很困難，不想冒太大風險。」

林小培可憐地道：「那你連我也不相信嗎？」

田尋歎了口氣：「我相信妳。好吧，大後天就是本月最後一個星期五，妳說我們該怎麼走？」林小培笑著說：「到時候你跟著我走就行啦，我身上有林氏集團總部辦公室的密鑰卡，放心吧，沒人敢攔我。」

三天後，晚上八點十分，西安林氏大廈。

這幢大廈地處西安城長安路以南，與唐代天壇遺址遙遙呼應，這裡地勢北高南低，大樓面向正南方，周易有云：聖人南面而聽天下，西安又地處涇、渭兩河交匯轉折處，古有「曲則貴吉」之說，因此這大廈可謂佔了上吉的風水。

大廈共二十四層，樓體外表全用黑色琥珀玻璃鑲嵌，遠遠望去就像一塊巨大的方型印鈕，顯得厚重、又充滿王者氣息。樓裡稀疏亮著燈，好似天幕中的點點星光。大樓頂部「林氏集團」四個繁篆巨大字體亮如白晝、十分醒目，樓頂還建有停機坪，五顏六色的指示燈有規律地閃著，十分氣派。

大廈附近的路旁都植著蔥蔥樹木，周圍很安靜，偶爾有一些車輛由大廈門前的小型廣場路過。一輛紅色保時捷從翠華路方向駛來，拐進大廈廣場慢慢停在門口。田尋和林小培下了車，經大廈入口處的巨大旋轉玻璃門進來。

前廳寬敞無比，地面鋪著六角星圖案的水磨石地磚，光可鑒人，巨大的水晶吊燈照得整個大廳燈火通明，只有監控台處一名男性保衛人員坐在監視器前，雙腿架在桌上正打電話聊天。見林小培進來，這保衛連忙收回腿站起身：「林小姐來了！要我通知總經理嗎？」

林小培看都沒看他，道：「不用，別告訴他們！我爸爸和二嫂都在嗎？」保衛人員賠著笑臉說：「是的，董事長和總經理都在、都在，您直接上去找吧！」眼睛在田尋身上掃了幾眼，沒敢多說話。

田尋緊跟著她走進電梯，直接按了頂樓二十四層。

田尋問：「我們去哪裡找林教授？」

林小培說：「頂樓二十四層是董事長辦公室，平時我二哥就在那裡辦公，現在他在國外，我二嫂管理整個集團的事務。」

田尋說：「趙杏麗女士很有能力，是個標準的女強人，而且長得也漂亮。」

第二十章　請君入甕

林小培杏眼一瞪：「怎麼，你居然把主意打到我二嫂身上來了？」田尋連忙極力否認，爭論中電梯已到頂層，電梯門打開後面前還有一道鐵門，林小培從錢包裡取出一張磁卡在鐵門上的凹槽中劃過，嘀的一聲，綠燈亮起，鐵門向兩旁無聲滑開，兩人走進去。

裡面是一個圓形的大廳，地上鋪著波斯圓形地毯，上面繪著聖經人物油畫，栩栩如生、極其精美，牆上掛滿了大大小小的油畫和飾物，有刀劍、銀器和自鳴鐘等，廳裡寂靜無聲，似乎從沒有人來過，正對面有一扇紅木雕花大門，門右上角的綠燈一閃一閃。

林小培將ＬＶ包扔在一張雕花座椅上，將磁卡插進門上的讀卡槽內，紅燈亮起，林小培哼了聲，不悅地說：「真是的，又從裡面鎖定了，有什麼見不得人的事？」

田尋笑了，小聲說：「這是跨國公司集團，當然有重要的事務要談，難道二十四小時讓妳隨便闖進去搗亂嗎？」

林小培哼了聲，伸手連按門上的按鈕。

門「喀」的一聲自動彈開，林小培推開門徑直走進去，田尋猶豫了一下，也跟著閃身進來。

這辦公室足有兩百多平方米，裝飾得跟林振文咸陽別墅同一風格，紅黑圖案的地毯正中擺著一張超大半圓形辦公桌，桌後牆壁上另有一扇白色金屬門，林之揚面前放著一把紫砂壺，正坐在桌前看書，旁邊的杏麗身穿黑色修長套裝，端著水晶高腳杯正和林之揚交談著什麼。

林小培進來時兩人都沒說話，忽然杏麗看到她身後的田尋，手一抖，高腳杯差點跌落地上。田尋拉著林小培的手，對杏麗點頭微微一笑，杏麗驚訝地說：「你……你來了？」

田尋不答，這時林之揚也抬頭看到了田尋，他大驚，顯然非常意外，指著田尋道：「你……你怎麼進來的？」

田尋拉著林小培在旁邊的一張真皮長型沙發中坐下，對林之揚擺了擺手：「林教授，最近過得怎樣，沒生什麼病吧？」

第二十章　請君入甕

林之揚不愧是老江湖，他立刻鎮定了神色，端起紫砂茶壺喝了口，咳嗽一聲說：「對長輩這樣說話很不禮貌，懂嗎？」

田尋鼻孔中哼一聲，說：「我田尋對長輩一向很尊重，可對那種為老不尊，甚至心術不正的長輩，就完全沒有尊重的必要！」

旁邊的杏麗俏臉一板：「姓田的，你說什麼話？這不是你撒野的地方！」林小培也生氣了，不悅地說：「田尋，你幹嘛這樣和我爹說話？」

田尋仰天打了個哈哈：「林教授，昨晚我用手指計算了一下，從王全喜把我介紹給你的那天算起，被你害死的人剛好十個，不多也不少，我來給你列出來吧：程思義、平小東、大老李、胖子、丁會、大江和大海兄弟、姚雪穎、李大夫，最後是王全喜，我沒說錯吧？」

林之揚臉色大變：「這話是什麼意思？王全喜怎麼了？」

田尋冷笑道：「八天前，我在廣西三江縣找到王全喜，他把一切真相都招供了，後來想偷襲殺我，出於自衛我還手把他殺死。」

林之揚眼睛中充滿疑惑，似乎有話想問，卻還不願張口。田尋又道：「還有王全喜奉你之命找的三人小組，李大夫懷疑姚雪穎獨吞錢財，在殯儀館停屍間裡殺了她，我暗中找線索撞見李大夫，他還想殺我滅口，也被我給幹掉了。這些結果，不知道林教授是否滿意？」

林之揚臉上陰晴不定，過了半晌才慢慢站起身，仰天長歎了口氣：「世事難料！沒想到你居然能處處化險為夷，實在令我佩服。不過我也佩服你的勇氣，你敢綁架我女兒，又來林氏集團總部，就不怕有來無回？」

田尋反問道：「你害了這麼多人，就不怕天網羅身？」

林之揚笑了：「剛才你說的一切我都承認，可又有誰知道？警察信你，還是信我？」

田尋霍地站起，食指戟指林之揚怒道：「姓林的！你為了盜挖茂陵，不惜設圈套騙我去參與盜挖毗山墓，又陷害得我身敗名裂、家破母病，這次我來找你就是要討回公道，你要是不公開承認犯下的這些罪行，我就對你女兒不客氣！」

杏麗沉下臉：「你渾身是鐵能打幾顆釘子？在這兒還敢威脅我們！」說完，上前就去拉林小培。

田尋迅速從腰間拔出手槍對準杏麗：「別動！」

杏麗和林之揚均大驚失色，林小培也嚇得驚叫起來。田尋把林小培攬在胸前，

第二十章　請君入甕

手槍頂著她的太陽穴，厲聲道：「林之揚，我知道小培是你最疼愛的人，現在我希望你迅速做出決定，是要你的名譽，還是要你女兒的命？」

林之揚有點緊張，一時間不知道該怎麼辦才好，杏麗相對鎮定些，她靠著牆，慢慢朝酒櫃方向挪步。田尋一瞪她：「妳也別動，別逼我開槍！」說完，左手大拇指扳開手槍的槍機，食指搭在扳機上。

林之揚連忙伸手：「別別別，你千萬別激動，快把手指鬆開，別走了火！」田尋冷笑著：「你放心，我還沒到老年癡呆的地步，手指只聽大腦指揮！別廢話了，快做決定！」

林之揚苦笑著說：「好好，我答應你。你要我怎麼做？」

田尋想了想道：「找一張紙，寫出你得到茂陵建造圖之後到現在的全部事情經過，然後簽字按手印，再打電話交給警方！」

杏麗大聲道：「你做夢！想什麼好事呢！」

田尋低沉聲音說：「杏麗女士，我不是沒殺過人，阿迪里、李大夫和王全喜都是我殺死的，身上早有人命了，反正也是死，不在乎多殺一個！妳要試試嗎？」

「不要不要！我沒別的意思！」林之揚連忙解釋，隨後轉頭大罵杏麗：「給我滾到一邊去，有妳什麼事？」

杏麗臉色鐵青，走到酒櫃旁坐下，右臂架在酒吧檯上不再說話。

林之揚說：「你先把槍挪開行嗎？這樣指著她的頭，我心裡害怕，你先坐下，我聽你的就是了，現在就寫。」

田尋哼了聲，將手槍機頭復位，和林小培一起坐下，眼睛緊盯著林之揚和杏麗。

林之揚從書桌抽屜裡拿出一本白紙，長歎了口氣：「唉！有道是虎毒不食子，小培是我身上掉下來的肉，沒辦法，大不了我全都招供，讓警察抓我去監牢吧！」

林小培大哭起來：「爸爸，你不能這樣，你進監牢我怎麼辦呀！田尋，你和我爸爸好好商量一下行嗎？別逼他啊！」

田尋怒道：「妳懂什麼，閉嘴！」林小培又對林之揚哭道：「爸爸，你不能寫呀，二哥不是說有辦法的嗎？」林之揚厲聲說：「和妳說過多少次，和父親說話要站起來，妳又忘了嗎？」林小培面帶疑惑，眨了眨眼睛，林之揚顯得很生氣：「妳給我站起來！真是扶不起的阿斗！」

林小培委屈地慢慢站起身，田尋右手緊緊抓著她胳膊，舉起手槍以防有變，心想：這林家的臭規矩還真多，和父親說話還非得站著？你以為自己是皇帝？

第二十章　請君入甕

就在林小培的身體剛離開沙發的一瞬間，忽然杏麗右手在酒吧檯下一扳，田尋還沒反應過來，只覺得全身如電擊般麻木，就像被人抽了筋，頓時癱倒在地，手槍也扔到一邊。

林小培也同時倒在地上，田尋的大腦完全清醒，眼睛也能視物和轉動，就是全身都不能動，連手指尖也沒法移動半吋。他暗叫不好，一定是中了什麼圈套機關。

杏麗笑吟吟地站起來，踩著高跟鞋，邁著優雅的腳步來到田尋身前，說：「畢竟還是太年輕，哪鬥得過咱們家的老爺子呢？」

這時就聽有人哈哈大笑，有人從那扇白色金屬門外走進來，摟著杏麗說：「那也有我老婆的一份功勞！」正是林振文。

隨他進來的還有三人，都身穿筆挺的黑色西裝，這幾人將田尋扶起來扔在沙發裡，再撿走地上的槍，然後圍著沙發站定呈包圍之勢。

田尋只覺渾身都像有無數螞蟻在皮膚裡爬似地酥麻難受，他想張嘴大罵，卻連嘴唇都動不了。

杏麗扶起林小培坐在辦公桌旁的椅子上，在她身上各處推拿按摩片刻，林小培悠悠醒轉，身體也能動彈了。杏麗笑了：「這小子太警覺，緊緊抓著妳，否則妳也就不用受這個罪啦！」

林小培有氣無力地說：「爸……爸爸，二哥，你們這是幹什麼？」

林振文笑著說：「小培，妳真是二哥的好妹妹，要不是妳，又有誰能把田尋引到這裡來自投羅網？」

林小培掙扎著說：「二哥，你這是什麼意思？那天晚上你不是……不是告訴我帶田尋來這裡，你們三個會好好談談的嗎？」

林之揚嘿嘿笑道：「好了，小培，不用在他面前裝，這個窮小子並不值得妳去愛，他也不配！妳放心，這次我不會再讓他活著從我手裡逃掉，除非他同意加入我們！」

田尋瞪著林小培，目眥欲裂，顯然恨得要死，林小培眼含淚花看著田尋說：「田尋，我真的不是故意引你來這裡，我不是想害你，是我二哥說要我悄悄帶你來，他們向我保證不會傷害你，一定會說服你同意跟我爸爸合作，也會把我嫁給你，真的，是真的，你要相信我！」

忽然田尋大罵道：「呸！妳這個臭女人，我居然瞎了眼，會相信妳這種從銅臭中長大的女人！」

第二十章　請君入甕

林振文有點吃驚，他在沙發裡藏著的是特殊高壓直流電，能在幾分之一秒內將人擊倒，二十分鐘內會讓人完全失去四肢行動功能，包括張嘴說話。可田尋居然能大聲說出這些話，令他非常意外。

林小培雙手捂臉大哭，傷心欲絕。

十幾分鐘過去，漸漸地田尋手腳能動了，恢復了九成行動能力，只是手槍已被奪去，對方又人多勢眾，看來是沒什麼希望了。一名黑西裝男子邁上半步，問：「老闆，不用把他綁上嗎？」

林振文接過杏麗遞上的一杯酒，喝了口：「不用。他手裡沒槍，諒也逃不掉。」

林之揚端著紫砂茶壺慢慢踱步出來，對田尋道：「年輕人，現在還有什麼話說？這回你徹底成了甕中之鱉，還是好好考慮一下自己的退路吧！」

田尋破口大罵：「放你媽的屁！想逼我幫你盜墓，門都沒有！我田尋這輩子沒偷過東西，你找錯人了！」

林振文上前照田尋肚子就是一腳，踹得他悶哼一聲，五內翻騰、差點嘔吐，旁邊兩名黑衣人左右開弓幾拳打過去，田尋滿臉鮮血栽倒在沙發中。

林小培上前要扶他，卻被杏麗拉住，林之揚臉色不悅：「近二十年也沒人敢這麼罵我，你算是頭一個，吃些苦頭也好，讓你學學如何尊重人。」

田尋喘著氣罵：「是人我當然要……尊重，可對你這種衣冠禽獸，我從來不知道尊重二字怎麼寫！」

饒是林之揚城府深、涵養好，現在也有點掛不住了，他鼻中哼了聲，對林振文說：「幾日不見，脾氣倒是見長。俗話說：『人是苦蟲、不打不行。』振文，先帶他去好好受點罪，到時候看嘴還硬不硬。」

林振文應了聲，衝手下人一擺手，這時林小培大聲道：「你個臭田尋，敢罵我爸爸，看我不打你！」

林之揚笑了：「小培，我的乖女兒，別生氣，不用妳親自動手，過幾天之後我們再來看他，就怕到時候妳認不出來他了！」

林小培衝到一黑衣人身邊，這人手裡拿著田尋掉在地毯上的手槍，林小培劈手奪過手槍：「我要打死這個傢伙！」

杏麗一看這丫頭要玩真的，有點慌了：「小培，妳可別衝動，把槍給我！」此時的林小培已經舉槍來到田尋面前，她抬槍指著田尋胸口，大聲說：「你這個混蛋，看我不打爆你的腦袋！」嘴上罵著，卻悄悄朝他擠了下右眼。

林振文生怕出事，連忙叫道：「小培，快別鬧，把槍給我！」

田尋開始還真認為林小培要開槍打他，心裡已經做好送死的準備，這時見林小培擠眼睛，立刻明白了她的意思。他迅速低頭，伸右手從下往上握住槍管往上一扭，林小培頓時拿捏不住、手槍脫手，田尋順勢翻轉右腕槍交左手，再攬過林小培脖子擋在胸前，槍口對準她的額頭。

這些動作發生在不到兩秒鐘內，在場所有人均目瞪口呆，田尋身邊那三名黑衣人雖已邁上幾步卻也來不及了，田尋大喝：「都給我退後！不然我開槍打死她！」

林之揚嚇得魂飛魄散，連忙大喊：「別開槍、別開槍，我放你走！」

所有人都退到田尋對面五、六米開外，田尋挾著林小培慢慢向大門退去，黑衣人緊張地跟著田尋移動腳步，林振文投鼠忌器，怕田尋翻臉開槍，連忙道：「都給我退回來！」黑衣人依言退回。

田尋伸手去拉大門，紋絲不動，林振文說：「這扇門與沙發的電壓機關聯通，剛才已經被鎖死了，打不開。」

田尋舉槍對準他的頭：「少廢話！打不開我就打爆你的頭！」

杏麗嚇得臉都白了：「振文說的是真的，這扇門真的被鎖死，不信你看門上的警示燈！」田尋用餘光一掃，果然，雕花大門右角的一個小紅燈急速閃動，他眼睛看著林小培，林小培悄悄點點頭，同時有意無意地瞄了一眼那扇白色金屬門，再看看田尋。

田尋會意，又挾著林小培來到對面金屬門前，林振文斥道：「你想幹什麼？快放開小培，你可以走！」

田尋不理他，拉開金屬門帶小培走出去，反手將門關嚴。外面是一條走廊，階梯向上直通，田尋小聲問：「通向什麼地方？」

「通到大廈頂的停機坪，剛才我二哥應該是乘直升機回來的，他的駕駛肯定在上面！」小培回答。

田尋大喜，鬆開了勒林小培的右臂，林小培揉揉脖子，委屈地道：「疼死啦！人家幫你，你卻用這麼大力氣。」

田尋感激地笑了，和林小培快步上到樓頂。

大廈頂勁風在耳邊呼呼作響，夜空繁星點點，從樓頂俯瞰地面，一片燈光通明、車燈如織。前頭就是停機坪，地面上畫著長方形白色線條，中間有十字標記，

第二十章　請君入甕

周圍閃著指示燈，一架白色小型直升機正停在長方形區域中間。

兩人打開直升機後艙門爬上來，駕駛員正靠在駕駛椅上打盹，田尋關上艙門，用槍管輕敲那駕駛員的腦門：「喂，快起來，天亮了！」

那人一下醒來，道：「林先生，要回去嗎……啊，你是誰？」

田尋槍口對著他：「少廢話，快起飛，去東南終南山方向！」

駕駛員不敢多說，連忙啟動電鈕，直升機槳片開始慢慢轉動，引擎聲越來越響，槳片帶動氣流在清冷的夜空中上下盤旋，直升機緩緩離地起飛，朝東南方向駛去。

西安城南就是終南山北麓，直升機以三百公里時速飛了半個多小時，田尋透過玻璃窗見下方是一片曠野，幾條公路穿插其間，於是命令飛機降落在一片樹林中，他問林小培是回家，還是跟著他，林小培毫不猶豫地說要跟著，於是田尋將駕駛員用繩梯在座椅上捆牢，和林小培到公路上攔了一輛出租車向鎮安縣開去。

第二十一章　攏事實

鎮安縣公路緊依乾佑河，不多時就到了鎮上，田尋找了一家比較偏僻的旅館，林小培問可不可以找一家四星級的賓館，田尋說這裡連一星的都沒有，要嘛湊合住，要嘛她自己回去。林小培自然不能睡大街，但要求找鎮上最好的旅館，田尋覺得這樣太張揚，堅決不同意，林小培無奈只好住下，但表示必須把床單、被褥等全部換成新的，田尋掏錢給旅館老闆讓他照辦。

在房間裡，兩人各睡一張單人床，田尋問：「小培，在大廈辦公室裡妳為什麼幫我？」

林小培躺在嶄新的雪白床單上，蓋著新鴨絨被，伸著懶腰說：「嘿嘿，誰叫人家喜歡你呢！唉，我被二哥給騙了，那天你沒收了我的手機，其實我有兩部呢！我好擔心你想害他們，就偷偷給二哥打了電話，他在電話裡說你們之間有點誤會，讓我帶你去公司總部好好談談，結果他們騙了我，真討厭！你相信我嗎？」

田尋也笑了：「妳這丫頭，我當然相信妳。」林小培有點不悅：「剛才你罵的話好難聽，我傷心死了。」田尋滿含歉意地說：「那時我在氣頭上，妳不知道我如果被你爸爸抓住，下場會很慘……」

林小培哼了聲：「你得向我道歉！」

田尋說：「沒問題，我對剛才所說的……」

「這樣不行！」林小培打斷道，「你打開窗戶向外面大喊三聲：『我田尋是王八蛋！』否則我不依！」

田尋哭笑不得：「妳不是認真的吧？」林小培歪著頭壞笑：「你覺得像嗎？要是不做，我就偷偷溜回去讓二哥抓你！看我做不做得出！」田尋沒辦法，只得打開窗戶，回頭說：「聲音小點行嗎？我怕太引人注目了。」

林小培毫不讓步：「不行！」田尋無奈之極，只得朝窗外快速大聲說了三遍：「我田尋是王八蛋，我田尋是王八蛋，我田尋是王八蛋！」

說完趕緊關上窗戶，林小培早已在床上笑得直抽筋，外面行人不多，幸好沒人注意。田尋連連歎氣，林小培笑著說：「怎麼，不服氣了嗎？」

田尋道：「不說了，算我倒霉。對了，妳故意幫我，就不怕妳老爹和二哥二嫂以後不要妳了？」

「他們才不敢呢，哼！」林小培抱著枕頭在床上來回打滾：「不過剛才真的是太刺激了，哈哈，我每天都過得那麼無聊，只有你在我身邊的時候，才覺得生活真有意思，唉，可惜……」

「可惜什麼？」田尋問。林小培打了個呵欠：「可惜我們不能天天在一起啊！」田尋點點頭：「我們是不同路上的人，有著完全不同的家庭，以後妳會找到比我好一百倍的男人。」

林小培忽然把枕頭拋在地上，大聲道：「我才不要什麼有錢的臭男人，我只要你！大不了不回那個家，跟你去流浪我也願意！」

田尋笑了：「說得輕巧，到時候吃糠嚥菜，怕是三天就不幹了。」

林小培想了想，似乎也覺得有點道理，她又說：「乾脆我們去公安局吧！我會為你作證，你不就沒事了嗎？」

田尋苦笑：「哪有這麼簡單，傻丫頭！妳爸爸和二哥的勢力絕非想像中簡單，怕到時候只有我一個人倒霉。」

林小培沒了主意，乾脆把腦袋埋在枕頭裡不作聲。

田尋躺在床上卻根本無半點睡意，他手中握著槍，衣服也不敢脫，一直在腦中

第二十一章　擺事實

盤算，忽然他想起趙依凡，她不是在《西安日報》做記者嗎？如果找她幫忙在報紙上揭露林氏父子的惡行，借助媒體公眾的力量，也許還能有點主動權。

看看錶已是晚上十點，田尋撥通了趙依凡的手機號碼，這號碼有大半年沒打過，也不知道是否還在用。

接通了，趙依凡那熟悉的聲音傳來：「你好，哪位？」

田尋感到一陣莫名的激動：「我是田尋，妳在哪裡？」

聽是田尋打來的電話，趙依凡感到十分驚訝，連忙問他在哪裡。田尋怕隔牆有耳沒敢多說，只約她出來說有要事相談，兩人約妥次日下午在終南山著名景點說經台西南的化女泉碰面。

第二天上午，田尋死活勸住林小培待在旅館裡等他，自己乘出租車順公路來到終南山說經台。

這終南山道觀離鎮安縣不遠，山中廟宇宏偉雄厚，處處景色如畫，雖然還未到春暖花開的季節，卻依然風景迷人，現在正是冬去春來之際，山上山下遊人如織，各賞風景。

田尋無心觀賞風景，經人指路後來到化女泉，這化女泉在說經台西邊，泉眼四季清冽無比，泉眼旁有一石碑，上寫著此泉的來歷，田尋經過時粗略看了幾眼，大意是說楚時老子雲遊此地，見路邊有一副白骨，於是將其點化成英俊少年徐甲，並收為弟子；到函谷關時，老子又將一株七香草變成美女來考驗徐甲，這徐甲禁不住誘惑，剛要對美女動手，老子用手一點，他又化為白骨。後來經天文學家尹喜求情，老子又才把白骨變成徐甲，並用杖擊地，美女便化為了一眼清泉，後人稱為化女泉。

對這種中國古典神話田尋一向都很感興趣，可現在卻不是欣賞傳說的時候，他躲開三五成群在化女泉前拍照留念的人群，在一處小樹林旁找了塊光滑石頭坐下，靜等趙依凡。

下午兩點剛過，田尋手機接到短信息，只有短短幾個字：

化女泉對面石階一百米右拐石桌

田尋連忙順石階而下，在一百多米處果然見右面有個小山坳，裡面擺著一張石桌和四個石墩，一個穿羊皮小夾克、緊身牛仔褲和運動鞋的漂亮姑娘正坐在石墩上，無聊地撥弄著石桌上的幾粒圓石子。

這姑娘田尋再熟悉不過了，正是趙依凡。他欣喜地跑過去，趙依凡轉頭看著

第二十一章　擺事實

他，甜甜一笑，田尋忍不住俯身要吻，趙依凡連忙側頭，一下子吻在脖子上，趙依凡臉色緋紅，罵了句：「風流鬼，看來還想挨打！」

兩人都笑了，均想起當年在瀋陽如家酒店裡的旖旎風光。田尋坐下後見四下無人，簡要對趙依凡說了事情經過。趙依凡手拄香腮沉吟半晌，說：「我可以幫你在《西安日報》上刊登一篇特別新聞，揭露林之揚父子倆的陰謀企圖。只是不知道他們以什麼方式來實施盜漢計畫，具體地點又在哪裡？」

田尋搖搖頭：「我也不知道，那張布帛地圖林之揚沒給我看過，具體的方案也沒告訴過我。」依凡道：「那你就要多方探聽消息了。這件事非同小可，我必須見到林小培聽到她的親口證詞才行，事不宜遲，現在你就帶我去見她！」

兩人離開說經台乘出租車回到鎮安縣城，到旅館房間開門進去，卻不見林小培，而她的手機還放在床上，田尋問服務員和旅館老闆，都說不知。

「也許出去逛街了吧？小女孩待不住。」趙依凡笑道，「或者她怕你這個風流鬼非禮，偷偷跑掉了吧？」

田尋猜不準，心裡卻害怕會出變故，到外面買了些吃的在房間裡死等。

從下午兩點一直等到天黑，也沒見林小培回來，田尋心有點慌，對依凡說：

「小培肯定不是去逛街，而是出了什麼事。」依凡說：「還有一種可能，那就是她偷偷回林家了。」

這個可能性田尋早有猜測，只是他有點不相信，因為林小培想回家昨晚就乘直升機回去了，沒必要非得今天才走，再者說如果她真回到林家，林之揚和林振文肯定會追問自己的下落，派人來鎮安抓他，可現在顯然沒有任何動靜，他此時最擔心的是出其他意外。

天黑了，依凡準備回西安，說她先和社長打好招呼，寫出稿子來，田尋這邊一有動靜就馬上通知她，她會全力相助。

送走趙依凡，田尋無精打采地躺在床上。看到對面床上林小培留下的手機，隨手拿起來見手機早已沒電。忽然他心念一動，取下後蓋、摘掉電池，一張小紙條掉落，田尋連忙撿起來展開一看，上面用鉛筆歪歪扭扭寫著幾句話：

二哥的人來了，可能會找到這裡，我先躲開，今晚老地方見。

看完紙條，田尋有點疑惑：林振文追到鎮安了？林小培是怎麼發現的，我和依凡卻不知道？老地方又是哪裡？太多疑問在他腦子裡來回打轉，轉得他頭疼。想來想去，也只有西安天地人間夜店。

第二十一章　擺事實

撩開窗簾向外看去，街上比較安靜，只有路邊酒肆茶館偶有人進出。田尋掏出手槍查看了彈匣內子彈後推進槍膛，別在腰間。出鎮叫了輛出租車順公路向西安駛去。

到西安已是十點多，直接來到天地人間夜店門口。這裡永遠如名車博覽般熱鬧。田尋等幾個衣著時尚的年輕男女從跑車裡下來時，悄悄跟在後面往夜店裡走，門口的保安以為是一起的，也沒說什麼，讓田尋混了進去。

舞台上幾名歐美金髮女子正在大跳鋼管舞，下面無數人連連聒噪，對美女的身材、三圍評頭品足。田尋足足找了半個多小時，也沒見林小培的影子。四周有很多VIP包間，田尋沒辦法挨個敲門，只得找個角落坐下死等。

一名服務生過來問他要喝什麼，田尋知道這裡消費奇高，單人最少要點兩千元以上的酒品，他推說要去方便一下，躲進洗手間裡。

洗手間沒有人，可能都在外面看歐美女人跳舞，田尋站在洗手池前，從對面的鏡子中看著自己的臉，這幾個月時光似乎在他身上過了十年，面容憔悴蒼老、臉色極差。田尋苦笑幾聲，搖搖頭，低頭在水龍頭下洗了把臉。

再抬起頭時，鏡中自己身後站著個人。此人有點面熟，中等身材和田尋差不多，只是眼神陰沉，面無表情，怎麼看也不像善類。

田尋心裡有不好預感，他不動聲色地用紙巾擦乾臉上的水珠，並沒有急著出去，而是邊擦手邊慢慢向男衛生間裡走。那人走上幾步來到洗手池前開始洗手。田尋拉開門進去假裝小解，轉頭從門縫裡偷偷窺視外面。那人洗完後慢慢掏出毛巾擦手，有意無意朝這邊看了一眼。

田尋感到一股莫名的不寒而慄，他左手悄悄取出手槍伸進外套口袋，雙手假裝插兜從衛生間走出來，逕直朝洗手間門外走去。

那人仍然在擦手，似乎根本沒注意到他。田尋心中稍平，看來是自己神經過敏了。

伸手剛碰到洗手間門把手的瞬間，突然一隻手輕輕搭在自己右肩，田尋大驚，連忙回身後退，只覺眼前一花，似乎有隻手伸向自己脖間，田尋右手下意識去撥開，同時掣出手槍，不想那人動作太快，身形一矮避開槍口，左手就去壓田尋左小臂。田尋緊張中扣扳機開火，砰砰兩槍，打得對面的陶瓷洗手池和鏡子玻璃碎屑亂飛，好在外面音樂聲震天，也沒人注意。

那人毫不為所動，右掌從下往上一砍田尋小臂彎，田尋手槍頓時躍過頭頂飛出，噹啷一聲掉進洗手池裡。

這些動作只用了一秒多鐘，田尋就繳了械。這人不再進攻，只是站在原地靜靜地看著田尋，田尋雖然不會武術，但他很清楚對面這個其貌不揚的傢伙是個純粹的武術高手，身手甚至不在史林和提拉潘之下，對這種人來說掙扎是徒勞的。

他後退兩步，問道：「你是誰？」這人笑了笑：「你是田尋吧？」「你怎麼知道我名字？」田尋腦子裡又閃過幾個念頭，「你想幹什麼？」

這人又笑了：「怎麼不動手了？聽說你在看守所裡還露過兩下子，我很想見識一下。」

田尋大驚，他怎麼知道自己在看守所裡打架的事？難道是警察？努力穩了穩神，道：「因為我很清楚自己這兩下子就是三腳貓，對你這種高手來說毫無用處，你想殺想綁請隨便，但希望能告訴我你的身份，讓我死也做個明白鬼，怎麼樣？」

這人哈哈大笑：「人貴有自知之明，衝這點你值得我佩服。實話告訴你吧，我叫陳軍，林振文是我的老闆，跟我走吧，去見他。」陳軍從洗手池中撿出手槍收起。

聽到這話，田尋反而有點坦然，這輩子總不能永遠過躲避的日子，還不如勇敢面對。

到現在他才明白，原來自己最怕的是被警察抓到。

他老老實實地跟在陳軍身後出了夜店，門口的保安見到陳軍都恭恭敬敬地點頭打招呼。兩人上了一輛銀色的本特利跑車，上公路駛向西面。

在車上，田尋心裡一直打鼓：難道又被林小培出賣了？可他又不相信，因為實在沒有理由。偷眼看看陳軍，這哥們面無表情地開車也不說話。田尋咳嗽一聲，開口問道：「陳先生，我想起來了，去年在咸陽林振文別墅裡我見過你，天地人間夜店的人看來也很尊敬你啊！」

陳軍面無表情：「他們不是尊敬我，是尊敬我的老闆，我不過是他的看門狗，唯一的區別是我這隻狗比其他的看門狗稍微體面一些而已。」

田尋笑了：「陳先生不必這麼說，雖然是為林振文跑腿，可你比這社會上大多數人都風光得多，也該滿足了。」

陳軍不語。田尋又問：「陳先生是怎麼找到我的？真厲害！」

陳軍還是不說話，田尋心想這傢伙性格太陰沉，看來問是沒用的，也只好不再作聲。

車開得又快又穩，至少有一百二十公里的時速，不多時就到了西新莊。開進別

第二十一章　擺事實

墅區後拐了幾個彎來到後區域，最後在林之揚別墅院內停下。這裡田尋有幾年沒來了，記得上次還是從毗山回來後找林之揚算帳時來過。

陳軍帶田尋開門進了大廳，女傭說老爺在內書房，兩人拐過屏風，穿過燈光幽暗的走廊，陳軍伸手按了金屬門上的小鈕，門開了，開門者正是林振文。一看到他，田尋的氣就不打一處來，林振文微笑著拍了拍他肩膀：「妹夫，我們又見面了！」

田尋簡直哭笑不得，自己什麼時候成他妹夫了？走進書房才看到，林之揚、杏麗和林小培也都在。林振文一擺手讓陳軍退出去，屋裡只剩五人。

杏麗笑著給田尋倒了杯白葡萄酒，田尋道了聲謝，杏麗俏眼看著他，悄悄用手指了指林小培，只見林小培氣鼓鼓地坐在沙發上，誰也不看，自己在生悶氣。田尋端著酒杯坐到她身邊，林小培忽然轉過身來摟著田尋的脖子，把頭埋在他肩膀裡也不說話，只是緊緊抱著。

見到女兒這樣，坐在辦公桌後的林之揚長歎道：「女大不由爺，這真是千百年來顛撲不破的真理！如果不是這個傷腦筋的女兒，我也不用費這些周章了！」田尋哼了聲：「沒錯，你早就直接讓我從這個世界蒸發了！」

林振文哈哈一笑：「好了，閒話少說，今晚我們就開誠佈公地好好談談。首先告訴你，姚雪穎、古作鵬和李大夫這三人對你設下的圈套正是我的主意，後來你進看守所又藉運貨之機逃出，也是我授意瀋陽市看守所故意給你留的機會。當然，機會永遠是留給那些有頭腦、有準備的人，事實證明我們沒有看錯，你確實抓住了每一個可以利用的機會，至於死掉的那幾位是因為他們不夠聰明，屬於咎由自取，你完全不用內疚。」

田尋恍悟，這才明白為什麼他可以從戒備森嚴的看守所逃出來。

第二十二章　英倫城堡

林振文又說：「到了這步，你也應該看出，想逃出我們林家的控制幾乎不可能，其實我們想除掉你很容易，要是閻王爺辦事效率高，現在你已經在某家投完胎，可能連週歲酒都辦過了。除非你獨自躲到天涯海角，藏進深山老林終老一生，可你覺得能接受這樣的命運嗎？」

田尋不語。

林振文端著威士忌走過來，繼續道：「而且你也知道，我林家的勢力可謂手眼通天，憑你一人之力，就算告到玉皇大帝面前也扳不倒我們，有句話叫做識時務者為俊傑，你應該知道自己該怎麼做。」

田尋有點想不通：「你們完全沒必要揪著我不放，盜茂陵的事我可以保證絕不說出去，為什麼你非要把我逼到這個分上？」

林之揚哼了聲，說：「那是你的想法，對開掘茂陵這麼大的事，我絕不能允許在開掘行動之時，還有知情者在外面逍遙自在，那將是我最大的眼中釘、肉中刺！」

田尋道：「如果我堅決不同意加入呢？」

林振文有點沉不住氣了，他剛要說話，林之揚一擺手，對田尋道：「如果真是這樣，那我不會讓你活著離開林家，我林之揚說出做到！」林之揚重重將紫砂壺放在桌上，目露凶光。

田尋知道這老頭子真下了殺機，看來自己已經被逼到了懸崖邊上，再邁前一步就得跌成骨粉。

林小培用力晃著田尋肩膀哭道：「大笨蛋，你就答應了爸爸和二哥吧，好嗎？到時候我們一塊到加拿大去定居，去過永遠幸福的日子，誰也不敢找我們的麻煩，好不好，好不好？」

田尋心亂如麻，腦中相當糾結。這時杏麗款款走來，交給田尋幾張文件：「好好看看吧，相信這些東西可以免除你最後的顧慮。」

接過文件一看，卻是張瀋陽市某醫院住院病房的交款單，患者姓名一欄清楚寫著田尋母親的名字，預存藥費金額為十萬元，顯然是林家行為，而且備註欄還寫著患者病情已無大礙，準備在五天內出院。看過這些東西，田尋心中確實輕鬆了許

第二十二章　英倫城堡

多，母親的病是他最掛念的，相比之下，自己的安危倒在其次。

心理最後一道障礙去除，田尋忽然感到莫名的輕鬆，林之揚何等人物？他一直盯著田尋臉上的表情，知道他心情已經平緩，趁機勸道：「你現在不用立刻給我答案，我已備好四天後的機票，到時我帶你和小培去英國旅遊幾天，順便辦理三個月前我在伯明罕剛置辦好的一處城堡。回來後你再給我明確的答案，怎麼樣？」

田尋搖搖頭：「我現在受國家通緝，身份證都沒有，恐怕無法出境吧？」

林振文哈哈大笑：「這種小事對我們林家來說，也就是一句話解決，你無多操心。」

這樣一說，田尋實在想不出再找什麼理由拒絕，只好點點頭。

當晚他被安排在別墅後跨院一樓的客房住下。這客房有著寬敞的落地窗，外面正對著花園中的圓形游泳池，池邊有幾盞燈徹夜不熄，若有若無的幽光照射在湛藍色池水中，蕩漾的水波紋反射出律動的、幽藍色的光，在寂靜夜色襯托下另具魅力。

田尋躺在床上，透過落地窗看著映在玻璃上的那一晃一晃的幽藍色水波紋，說也奇怪，這水波紋似乎有催眠效果，他本來腦中混亂一團，卻在那水波紋的影響下慢慢睡著了。

四天後，英國伯明罕國際機場。

三月末的英國氣溫和中國差不多，但城市整潔有序，社會高度發達，使得人們在享受這些文明的同時，似乎還多感受到一些暖意。

兩名穿著袖口、衣領帶白條紋黑制服的英國人早已在舷梯旁等候，身後停著一輛淺銀色勞斯萊斯轎車。林之揚用英語和他們交談了幾句後，其中一人約五十幾歲，回頭向行李處方向走去，想是去取行李。另外那個留著絡腮鬍鬚的健壯男人坐進駕駛室，林之揚等三人也坐進車裡。

汽車開動，出了機場向東南方向行駛，林之揚和司機交談起來，田尋英文水平一般，僅能零星聽出似乎是在問司機路程遠近。

伯明罕的春天異常美麗，經過陰冷潮濕的冬天後，春天顯得格外清爽秀美，路上所見均是典型的英國田園風光，道路兩旁草地四季長綠，五顏六色的水仙花大片大片地開著，其間還夾雜著桃花和櫻花。一棟棟木房子偶爾出現在草地中，捲著尾巴的田園犬跟在主人身後慢慢在田間小路散步。田尋簡直看呆了，他從未出過國，這等景色以前也只是在外國風光掛曆上見過，這次算是看到實景了，他眼睛都有點不夠用，連話都說不出來。

第二十二章　英倫城堡

忽然，一小群黑臉羊出現在眼前，三三兩兩地散落在草地中，這種羊全身雪白，只有臉是黑色的，一隻隻又圓又胖，十分逗人。林小培非常驚奇，連忙扶著車玻璃窗去看，那英國司機腦子活絡，立刻按動控制鈕降下車窗，林小培探出頭來，指著那群羊大笑：「哈哈哈，田尋你快看那些羊，好好玩啊，頭是黑色的，好像剛鑽了灰堆似的，哈哈，笑死人啦！」

田尋也笑得不行，連忙掏出手機去拍照。林之揚側頭道：「那是蘇格蘭黑臉羊，是只在英倫三島才有的特產，小培，妳要是喜歡，到時候我們也養上一群，就在城堡後面的草地上。」

林小培樂得直拍手：「太好了、太好了，你別騙我！」

林之揚笑了：「我什麼時候騙過妳？我只擔心妳忘記按時帶牠們出來吃草，到時候餓瘦了可不好玩。」林小培嘟起嘴假裝生氣，田尋笑著攬過她肩膀，林小培溫順地靠在田尋肩頭，透過車窗看外面天空的白雲。

林之揚從後視鏡看著兩人，歎了口氣閉上眼睛，心中十分無奈。這個女兒在他身邊二十幾年，幾乎很少有聽話的時候，如果在西安評比最嬌縱的女人，林小培一定可以擠進前三強，可現在卻像換了個人似的，令他百思不解。

不到半個小時，遠遠看到前面平坦的開闊地聳立著一座氣勢巍峨的青磚城堡，雖然還離得很遠，但在湛藍天空和深綠色樹林的襯托下，卻仍然顯得格外氣派與莊重。田尋心道：這城堡真漂亮，林之揚說的不會就是它吧？

說也奇怪，那城堡看上去不過幾公里遠，汽車卻足足開了二十多分鐘才駛近，田尋看得更加清楚，城堡呈灰白色，尖頂部則是深灰，就這麼簡單的兩種顏色結合一起卻更顯高大雄偉。

城堡由圓柱形塔樓和長方形堡體組成，外面周圍都是高大厚重的圍牆，圍牆之外的草地上由五色鮮花和小路組成兩組大型的放射狀圖案，遠遠看去好似兩朵綻放的巨大花兒，城堡就座落於這兩朵花之間。汽車緩緩開上花朵小路，剛駛近門前，沉重的城門自動無聲無息地開啟，似乎長著眼睛。這城門足有十五米高，由三層橡木條板釘成，那座圓柱形的巨大塔樓就矗立於大門之後，塔樓最高處足有五十幾米，下圓上尖，上有一圈長方形的箭垛，尖頂處還有望亭和烽火台，另一側緊挨著子塔樓，與主塔樓渾然相連。

塔樓下部有門洞，汽車穿過門洞在長方形城堡門口停下。英國司機下車後快步來到副駕駛位置，打開車門讓林之揚下車，隨後又去給林小培開門。田尋見他走過來，也不好意思太麻煩人家，連忙自己推開車門下了車，那司機臉上帶著歉意向田尋鞠了個躬，用純正的英國腔說道：「Sorry，Sir！」

這句話田尋還是聽得懂的，他微笑著一擺手。這時又有一輛本特利汽車從身後來路開來，兩名管家打扮的英國男人下車後，從後座裡提出三人的行李。

田尋仰頭看著這座城堡，用目測估計約有三十乘六十米左右，四角嵌著圓柱形裝飾，正面有十二扇窗，側面則有近四十扇，按此估計堡體中至少也有一百多個房間。田尋看得呆了，在這座城堡面前感到一種強烈的窒息感，或者說完全被建築之美給徹底折服了，這城堡無論從佔地、造型，還是藝術水準，都完全超過林振文在咸陽建造的那座城堡，正所謂一山更比一山高。

林之揚邊走邊問：「田尋，你看這座城堡和林振文在咸陽的那座相比，有什麼不同之處？」

田尋說：「恕我直言，林先生在咸陽的城堡雖然豪華氣派、奢華無比，但總會給人一種浮華堆砌之感，而此時面前這座城堡卻處處透出純正的歐洲血統，似乎一磚一瓦都帶有天生的貴族氣息。我雖然沒出過國，也只是從畫中見到過歐洲城堡，但它卻很強烈地給我這種感覺。」

林之揚哈哈大笑：「說得完全正確！這種感覺其實很多人都會有，只是能準確表達出來的人卻不多。這城堡是六百年前的產物，裡面的所有擺設基本上也和當年一樣。」

從正門走進城堡內，正廳正面牆壁上是一幅巨型橫幅油畫，畫面正中是耶穌在伯利恆馬廄中降生的情景，兩旁則是耶穌短暫的一生，直到被釘於十字架後三天在空中復活。

穿過正廳來到餐廳，巨大的長條餐桌上擺滿了銀質餐具和酒器，紅木酒櫃裡都是頭朝下斜放的各個年代的名酒，這裡每一件傢俱和擺設幾乎都是藝術品，田尋就像鄉下人進城一般，貪婪地欣賞著每件東西，似乎要在一瞬間吸收所有知識和見聞。

林小培扯著他的衣襟說：「你看什麼呀，真是的，沒見過房子嗎？快走吧！」

田尋興奮地說：「小培，妳不覺得這裡的每一樣東西都這麼令人著迷嗎？我真是看也看不夠！」

林小培撇了撇嘴：「我可沒覺得！有什麼了不起的。」

林之揚看著兩人截然不同的反應，心裡暗自發笑。

第二十二章　英倫城堡

三人在管家帶領下進入小客廳，這裡屬於主人的私人會客室，裝飾豪華而不失高雅，窗外是後花園，幾株盛開的櫻桃樹半掩著陽光，窗前的櫻桃木書桌上放著十幾本精裝書籍，旁邊還擺著一尊天使造型的純金燭台，燭台旁插著一支修長的鵝毛筆。牆上鋪著紅藤圖案的壁紙，一尊銅製落地鐘安逸地擺動著鐘擺，旁邊是雕刻精美的壁爐，爐上放著一尊白色半身人像。

在精緻的桃木座椅中坐下，一名身材豐滿的中年英國女傭端上潔白鑲金絲邊的瓷杯，分別倒了兩杯剛煮好的咖啡和一杯茶。這女傭一頭棕色捲髮，紅臉大鼻頭，典型的英國婦女形象，田尋點頭以示感謝。

林之揚對田尋道：「嚐嚐這種咖啡，是用印度尼西亞麝香貓咖啡豆煮的，世界上最少的咖啡，全球每年不超過兩百公斤，但據說味道也最好。」

「為什麼要叫麝香貓咖啡豆？」田尋沒聽明白。

林之揚笑了：「那是一種很獨特的貓，身上有麝香腺，牠們天生能嗅出最成熟、最完美的咖啡果並吃掉，然後再將無法消化的咖啡豆排泄出來，人們從貓糞裡提出咖啡豆，發現不但味道極好，而且貓的胃液還給咖啡帶來一種特殊風味。」

噗！林小培剛喝了半口咖啡全吐了：「什麼東西呀！原來是貓屙出來的！我才

不要！」說完，她大叫著跑去漱口。

田尋把咖啡含在嘴裡，猶豫了一下還是嚥進肚裡，還別說，味道真不錯。林之揚哈哈大笑：「這種咖啡給小培喝，完全是牛嚼牡丹，毫無意義！」

田尋笑了，他承受能力較強，心想管它什麼貓糞、雞糞，雀巢咖啡不也說有一股鳥糞味嗎？還不照樣有人喝。

過了老半天，林小培才哭喪著臉回來，氣鼓鼓地一屁股坐在沙發上不說話，半眼也不看林之揚。

林之揚也沒理她，擺手示意女傭和管家都退下，田尋側頭看著座椅的樣式和做工，輕輕撫摸雕刻出來的花紋。林之揚喝了口茶，問道：「怎麼樣，你們倆喜歡這裡嗎？」

田尋由衷讚歎道：「太美了，這裡的每一件東西都是藝術品，都足夠我欣賞幾年的！簡直不敢相信我真的在這座城堡中！」

林小培卻把臉一板，哼聲：「什麼了不得的事，不就是房子嗎？對我來說都一樣，哎呀！我好累，一會兒要去睡覺。」

林之揚搖了搖頭，知道和這個女兒談這種話題純屬對牛彈琴，於是對田尋道：

第二十二章　英倫城堡

「守舊的英國人哪樣都好，就是不喜歡把本土的東西賣給外國人。這座城堡也是，它的主人是個英格蘭傳統貴族，一直在投資石油業。這幾年國際石油市場行情大跌，這位賠了不少錢，不得以才有了變賣祖業城堡的念頭，我換了四個代理人才買下它，費了大量力氣和金錢，不過現在它畢竟屬於我林之揚了。」

田尋說：「能不能冒昧地問一句，這城堡價值幾何？」

林之揚饒有興趣地回答：「你猜猜看？」

「這個……一、兩千萬英鎊？」田尋怯生生地說。

林之揚面帶不悅之色：「哼，你這折扣打得也太低了吧？再猜！」

田尋尷尬地笑笑：「那……五千萬英鎊？」

林之揚道：「別猜了。這城堡算上律師費和五年維護費，總共八千兩百萬英鎊，約合十億人民幣。」

田尋震驚不已：「十……十億人民幣？我的天！」

林之揚靠在椅背上：「沒錯。和你說實話，我林家的全部資產大約在六十億左右，其中咸陽城堡、林氏集團公司、西新莊別墅，再加上私人機場和汽車等不動產就佔了三十幾億，另外投入在盜漢計畫的資金也有十多億，換句話講，這座城堡就是我所有的可用資金。」

田尋哦了聲，若有所思地端起杯子喝口咖啡。咖啡有點微苦，但味道純正，想必出自廚藝高超的主婦之手。

林之揚看出了他的疑惑，笑道：「你一定很想知道，為什麼我會耗費全部家財到英國來買這城堡。沒錯，我的錢都用在這城堡上，幾年後恐怕我連維護費用也付不起，但我還是毫不猶豫地買下了它，你知道為什麼嗎？」

田尋笑笑，沒敢說。林之揚道：「因為我已經抱著破釜沉舟之心盜掘茂陵，計畫成功之後，別說這一個英國城堡，就是十個、百個也不在話下，到那時我會在南太平洋購下一座小島，在島上建造人間天堂，享受這世界上沒人有過的絕頂生活。」

聽了他的話，田尋默然不語。林之揚又笑著了：「其實你這一生注定要冒險，從你的名字就能看出來。你叫田尋，尋就是尋寶的尋，所以你命裡總要不斷地去尋找，懂嗎？好了，你和小培先到後院的樹林去散散心，我已吩咐廚師準備午餐，到時候管家會去叫你們。」

林小培很高興，拉起田尋胳膊就往外走。

守在外廳的管家連忙過來，用英語對兩人說了幾句話，田尋和林小培面面相覷，都聽不懂他在說什麼。正尷尬間，林之揚來到廳門，端著茶杯對管家說：

「They want to go to the backyard woods。」

那管家立刻點頭會意，邊走邊微笑著向兩人做了個請的手勢，兩人連忙緊跟其後。

＊終究屈服於林教授的田尋，真的會心甘情願的為他賣命？身處於英國的他們，還會遇到什麼樣的狀況？林教授真能如願完成盜墓計劃嗎？更多精采內容敬請繼續閱讀《國家寶藏8》。

國家寶藏 柒 關中神陵

作　　者	瀋陽唐伯虎
發 行 人	林敬彬
主　　編	楊安瑜
編　　輯	成虹樺
校　　對	王淑如
內頁編排	帛格有限公司
封面設計	樂意設計有限公司
出　　版	大旗出版社　行政院新聞局北市業字第1688號
發　　行	大都會文化事業有限公司 11051 台北市信義區基隆路一段432號4樓之9 讀者服務專線：(02)27235216 讀者服務傳真：(02)27235220 電子郵件信箱：metro@ms21.hinet.net 網　　　址：www.metrobook.com.tw
郵政劃撥	14050529 大都會文化事業有限公司
出版日期	2011年1月初版一刷
定　　價	199元
ISBN	978-986-6234-15-6
書　　號	Story-09

大旗出版 BANNER PUBLISHING　大都會文化

國家圖書館出版品預行編目資料

國家寶藏7之關中神陵 / 瀋陽唐伯虎著.
-- 初版. -- 臺北市：
大旗出版：大都會文化發行, 2011.01-
冊；　公分--(Story；9)

ISBN 978-986-6234-15-6(第7冊：平裝)

857.7　　99025203

大都會文化　讀者服務卡

書名：國家寶藏❸關中神陵

謝謝您選擇了這本書！期待您的支持與建議，讓我們能有更多聯繫與互動的機會。

A. 您在何時購得本書：______年______月______日

B. 您在何處購得本書：____________書店，位於____________(市、縣)

C. 您從哪裡得知本書的消息：

1.□書店　2.□報章雜誌　3.□電台活動　4.□網路資訊

5.□書籤宣傳品等　6.□親友介紹　7.□書評　8.□其他

D. 您購買本書的動機：（可複選）

1.□對主題或內容感興趣　2.□工作需要　3.□生活需要

4.□自我進修　5.□內容為流行熱門話題　6.□其他

E. 您最喜歡本書的：（可複選）

1.□內容題材　2.□字體大小　3.□翻譯文筆　4.□封面　5.□編排方式　6.□其他

F. 您認為本書的封面：1.□非常出色　2.□普通　3.□毫不起眼　4.□其他

G. 您認為本書的編排：1.□非常出色　2.□普通　3.□毫不起眼　4.□其他

H. 您通常以哪些方式購書：(可複選)

1.□逛書店　2.□書展　3.□劃撥郵購　4.□團體訂購　5.□網路購書　6.□其他

I. 您希望我們出版哪類書籍：（可複選）

1.□旅遊　2.□流行文化　3.□生活休閒　4.□美容保養　5.□散文小品

6.□科學新知　7.□藝術音樂　8.□致富理財　9.□工商企管　10.□科幻推理

11.□史哲類　12.□勵志傳記　13.□電影小說　14.□語言學習（_____語）

15.□幽默諧趣　16.□其他

J. 您對本書(系)的建議：

____

K. 您對本出版社的建議：

____

讀者小檔案

姓名：______________ 性別：□男　□女　生日：____年____月____日

年齡：□20歲以下 □21～30歲 □31～40歲 □41～50歲 □51歲以上

職業：1.□學生 2.□軍公教 3.□大眾傳播 4.□服務業 5.□金融業 6.□製造業

7.□資訊業 8.□自由業 9.□家管 10.□退休 11.□其他

學歷：□國小或以下 □國中 □高中／高職 □大學／大專 □研究所以上

通訊地址：______________________________

電話：（H）______________（O）______________ 傳真：______________

行動電話：______________E-Mail：______________

◎謝謝您購買本書，也歡迎您加入我們的會員，請上大都會文化網站 www.metrobook.com.tw 登錄您的資料。您將不定期收到最新圖書優惠資訊和電子報。

國家寶藏柒 關中神陵

北區郵政管理局
登記證北台字第9125號
免貼郵票

大都會文化事業有限公司

讀者服務部 收

11051台北市基隆路一段432號4樓之9

寄回這張服務卡〔免貼郵票〕
您可以：
◎不定期收到最新出版訊息
◎參加各項回饋優惠活動